작 별 의   건 너 편

the other side of good-bye Vol.1 by Haruki Shimizu

©2021 Haruki Shimizu

All rights reserved

Original Japanese edition published in 2021 by MICRO MAGAZINE, INC.

작별의 건너편

시미즈 하루키 지음 | 김지연 옮김

차례

제1화

히어로스

1

　

"당신이 마지막으로 만나고 싶은 사람은 누구입니까?"

사쿠라바 아야코가 깊은 잠에서 깨어났을 때, 눈앞에 서 있던 남자가 물었다.

아야코는 남자의 물음에 대답하지 않았다. 아니, 대답할 수가 없었다. 지금 자신에게 일어난 상황을 이해하는 것만으로도 너무 버거웠기 때문이다.

"여기가 어딘지 아시겠습니까?"

아야코의 심경을 바로 알아차렸는지 남자가 온화한 말투를 유지하며 질문만 바꿔서 다시 물었다. 아야코는 주위를 한 바퀴 둘러보았다. 아무것도 없는 유백색 공간이 눈앞에 펼쳐져 있었다. 지금까지 한 번도 와본 적 없는, 마치 여기만 구멍이 뻥 뚫려 있는 듯한 곳이었다.

그 속에 오직 두 사람, 아야코와 남자가 있었다.

남자가 좀 전에 자기가 했던 질문에 스스로 답했다.

"이곳은 '작별의 건너편'입니다."

"작별의 건너편……."

아야코는 겨우 그 말만 따라 읊었다.

"그리고 저는 이곳의 '안내인'입니다."

"안내인……."

아야코는 머릿속에 떠오른 생각이 아니라, 안내인의 입에서 나오는 말을 단순히 되풀이할 뿐이었다.

그런 식으로 되새기면서 상황을 이해해 보려 애썼다.

나는 왜 여기 있는 걸까.

작별의 건너편은 대체 뭘까.

거기다 안내인이라니…….

아야코는 거기까지 생각하다가 한 가지 기억을 떠올렸다.

"아, 나는……."

유일하게 이해할 수 있었던 그것.

"죽었나 보네."

안내인이 고개를 아래위로 천천히 끄덕였다.

"아야코 씨가 세상을 떠난 지 벌써 일주일이 지났습니다. 그리고 아야코 씨가 이곳 작별의 건너편에 오게 된 건, 당신에게 '마지막 재회'가 남아 있기 때문이고요."

아야코가 눈앞에 선 안내인의 말을 도무지 알아듣지 못하겠다는 듯이 고개를 갸우뚱했다.

"……마지막 재회요? ……저기요, 아까부터 '작별의 건너편'이니 '안내인'이니 하시는데, 무슨 말인지 하나도 모르겠거든요."

안내인은 혼란스러워하는 아야코를 보고 흠칫하며 고개를 숙였다.

"죄송합니다. 설명이 너무 성급했군요. '친절하게, 공손하게, 느긋하게 안내하자'가 제 신조인데, 저답지 않게 실례를 저질렀습니다."

안내인이 그렇게 말하고 나서 재킷 가슴 주머니로 손을 뻗었다. 아야코는 뭐가 나올지 한순간 기대를 품었으나 안내인이 미소를 지으며 내놓은 건 뜻밖의 것이었다.

"일단 숨 좀 돌릴까요?"

캔 커피였다. 심지어 여기 간토 지방, 그중에서도 지바와 이바라키 지역에 사는 사람들에게 유난히 친숙한 노란색 조지아 맥스 커피(단맛이 강한 캔 커피. 지바, 이바라키, 도치기 지역을 대표하는 캔 커피였으나 2009년부터 전국적으로 판매되기 시작했고 우리나라에서도 팔고 있다). 통칭 맥 캔이다.

"……고맙습니다."

캔을 따서 커피를 입에 머금자 단맛이 입 안 가득 퍼졌다. 이 단맛이 바로 맥스 커피의 가장 큰 특징이다. 즐겨 마시던 커피가 입 속으로 흘러 들어오자 아야코도 마음이 진정된 듯한 기분을 느꼈다.

아야코는 이제야 눈앞의 안내인을 관찰할 마음이 들어 안내인을 빤히 쳐다보았다. 침착한 태도와 온화한 말투. 훤칠한 키에 눈꼬리가 처져 서글서글해 보이는 눈빛. 죽은 사람을 맞이하는 역할치고는 사신(死神)보다 안내인이라 불리는 편이 더 잘 어울리겠다 싶기도 했다.

은색에 가까운 흰 머리카락이 유독 두드러지긴 해도 얼굴만 보면 서른 살인 자기 나이와 얼추 비슷할 것도 같았다. 애초에 작별의 건너편에 존재하는 안내인에게 나이라는 개념이 있는지는 모르겠지만.

안내인은 커피를 한 입 마시고 난 뒤 아야코를 향해 입을 열었다.

"용감한 최후였습니다."

갑작스러운 칭찬이었지만 그건 아야코가 만족해할 만한 말이 아니었다.

"……용감하긴요. 무모하다 아니, 더 솔직하게 말해 한심하다고 해도 돼요."

"한심하다니요, 무슨 그런 말씀을. 오히려 히어로 같았다고 생각합니다."

"히어로라……."

히어로라는 말에 아야코는 조금도 감격하지 않았다. 자신의 마지막 행동은 대단한 정의감에서 비롯되지 않았다. 몸이 제멋대로 반응했을 뿐이다. 정말이지 자신이 이런 형태로 죽음을 맞이하게 되리라고는 그때까지 한 번도 상상해본 적이 없었다.

아야코가 구한 건 강아지였다. 심지어 자기가 키우던 강아지도 아니었다. 저녁거리를 사서 집에 가던 길에 초등학생 남자아이가 데리고 산책하던 강아지가 도로로 뛰어드는 광경을 바로 코앞에서 목격했고, 트럭에 치일 뻔했던 강아지를 구해냈다. 하지만 그 대신 아야코 자신은 목숨을 잃었다.

흐릿해지는 의식 속에서 마지막으로 아야코의 시선에 닿은 것은 울먹이는 소년과 강아지였다.

울고 있는 소년의 얼굴이 사랑해 마지않는 아들의 얼굴과 겹쳐 보였다.

사쿠라바 유타.

아직 네 살밖에 안 된 어린아이. 아들이 책가방을 메고 학교

가는 모습을 한 번도 보지 못하고 남편인 히로타카와 함께 저쪽 세상에 남겨두고 와버렸다.

"……잘 마셨어요."

마지막 만찬 아니, 만찬까지는 아닌가. 아야코는 그런 생각을 하면서 캔 커피를 쭉 들이켰다. 그런데 안내인은 아직 반도 마시지 않은 듯했다.

"굉장히 천천히 마시네요."

아야코의 말에 안내인은 "그런가요?"라고 한마디 하더니 한번 더 캔에 입술을 갖다 대며 "음미하면서 마시거든요." 하고 덧붙였다.

그 말을 듣자 아야코는 단숨에 마셔 버린 자신이 괜히 부끄러워졌다. 딱히 잘못을 저지르지 않았는데도 말이다.

"아아, 오늘도 맛있게 잘 마셨다."

마지막 한 방울까지 입 안에 탁 털어 넣은 다음 안내인의 입에서 감상이 흘러나왔다. 아야코는 오늘도, 라는 말이 살짝 마음에 걸렸지만, 어쨌거나 안내인이 맥스 커피를 무척 좋아한다는 사실만은 분명히 알 수 있었다.

"한숨 돌렸겠다, 이제 좀 전에 하다 말았던 저한테 남은 '마지막 재회'에 관해 설명 좀 해주시겠어요?"

침착하게 말문을 여는 아야코의 태도에 의외라는 반응을 보인 건 안내인 쪽이었다.

"아야코 씨는 마음을 추스르는 게 대단히 빠르시군요. 이곳을 찾아온 사람들 중에는 충격이 커서 울음을 그치지 못하는 사람도 많은데 말이죠."

"그래요?"

"예, 자신의 죽음을 받아들이지 못해 저한테 고래고래 악을 쓰기도 하고, 분통을 터뜨리며 캔 커피를 집어 던지는 사람도 있었습니다."

안내인의 말을 들은 아야코는 짧게 고개를 끄덕였다.

"하긴, 그런 사람 심정도 이해는 가요. 나 역시 진정된 것처럼 보여도 충격을 안 받은 건 아니거든요."

진심이었다. 다만 체념해 버린 면도 없지 않았다.

"······그렇지만요, 죽는 건 무서웠는데 죽은 건 별로 안 무서워요. 안 그런가요? 이제 어쩔 수 없는 일이잖아요. 말하자면 운동회 날의 달리기 같달까. 출발선 앞에서 기다릴 때는 심장이 벌렁거리고 너무너무 싫지만, 일단 '탕' 하는 출발 소리가 울리고 뛰기 시작하면 별거 아니잖아요. 끝나고 나면 응원하러 와준 부모님이 어디 있는지 찾아볼 여유도 생기고 말이죠."

"아야코 씨는 굉장히 이성적인 분이시군요."

"이래 봬도 중학교 과학 교사거든요."

"어쩐지, 알아듣기 쉽게 말을 잘한다 싶었습니다."

이렇게 차분하게 설명은 할 수 있을지라도 자신이 죽었다는 사실만 계속 들여다보면 몇 분 못 가 가슴이 무너져 내릴 것만 같았다. 스스로 사고 회로를 차단하면서 자신의 죽음을 직접적으로 생각하지 않으려 하는지도 모른다. 설마 이렇게 갑자기 막을 내릴 줄은 꿈에도 몰랐다.

아야코는 지금껏 착실하게 살아왔다고 자부한다. 학창 시절에는 부모님에게 부담을 주지 않으려고 열심히 공부해서 장학금을 받았고, 아르바이트해서 번 돈도 학비에 보탰다. 대학에서 교육학을 공부해 학생 때부터 동경하던 교사의 꿈을 이룬 지 8년째. 아직 한창 일할 때였다. 이제야 일을 즐길 수 있는 여유도 생겼다. 일상생활은 나름 순조로웠고, 대학 시절 천문 동아리에서 만난 히로타카와 5년 전에 결혼도 했다. 그랬는데 돌연 막이 내려졌다. 이런 식으로 끝을 맞이하게 될 줄이야.

너무도 짧았던 30년이라는 시간.

강아지를 구하려다 교통사고를 당해 끝이 나다니…….

남편과 아들에게 작별 인사도 하지 못했다.

"……저기, 안내인님."

가슴속을 휘젓는 생각들을 떨쳐 내려는 듯이 아야코가 입을 열었다. 지금은 억지로라도 앞을 향해 나아가는 편이 마음 편하다. 땅에 발이 닿지 않는 자전거에 올라타고 가만히 있을 바에야 페달을 밟아서 앞으로 나아가는 편이 낫다. 아야코는 그렇게 자신을 다독였다.

지금도 실낱같은 희망은 남아 있다. 그 희망이란 안내인이 말한 '마지막 재회'라는 것이다.

그 말을 고대로 해석하면, 누군가를 한 번 더 만날 수 있다는 뜻이다. 그렇다면 유타와 히로타카를 다시 만날 수 있지 않을까. 그 희망의 끈을 붙잡고 싶은 마음에 안내인에게 설명을 재촉했다. 제발 부탁이니, 저 너머에서 반짝이는 불빛을 끄지 말아 줘……

"……마지막 재회가 뭔지 말해 주세요."

아야코의 요청에 안내인은 고개를 살짝 끄덕인 다음 설명을 시작했다.

"마지막 재회란, 죽어서 이곳 작별의 건너편을 찾아온 사람에게 현세에 있는 사람과 한 번 더 만날 수 있는 시간을 허락하는 것입니다. 허락된 시간은 24시간. 그러니까 꼬박 하루라는 시간이 아야코 씨에게 주어집니다."

"한 번 더 만날 수 있다…… 꼬박 하루 동안이나……"

희망의 불빛이 반짝임을 더해간다. 예상은 틀리지 않았다. 생각보다 시간은 많았다. 아야코의 머릿속에 다시금 유타와 히로타카의 얼굴이 그려졌다.

"예, 다른 사람도 아야코 씨의 존재를 확실히 알아보고, 만질 수도 있고, 대화도 할 수 있습니다. 외모도 살아 있을 때와 똑같고요."

그런데 그때까지 막힘없이 말을 줄줄 늘어놓던 안내인의 얼굴 위로 그늘이 드리워졌다.

"……다만, 조건이 있습니다."

그 말을 듣자마자 아야코의 가슴속을 환하게 밝히고 있던 불빛이 살며시 일렁거렸다.

"현세에서 만날 수 있는 사람은 '아야코 씨가 죽었다는 사실을 아직 모르는 사람'뿐입니다."

그러자 순식간에 불빛이 획 하고 꺼져 버렸다.

"……아니, 이게 말이 된다고 생각해요? 내가 죽은 지 일주일이 지났으니까 장례식은 당연히 치렀을 거고. 그러면 현세로 돌아가서 마지막 재회를 할 시간이 아무리 길게 남아 있다고 한들, 가족은 물론이고 친구나 지인들까지 거의 다 못 만난다는 소리잖아요!"

아야코의 말에 안내인도 송구스럽다는 양 머리를 숙일 따름이었다. 아야코는 분노를 감추지 못해 따지듯 말을 이었다.

"……도대체 신은 얼마나 배배 꼬인 거야. 어째서 보고 싶은 사람을 못 만나게 하는 거냐고. 현세로 돌아가더라도 꼭 만나고 싶은 소중한 사람을 만날 수 없다면, 그게 무슨 소용이야."

"……백번 천번 맞는 말씀입니다. 죄송합니다."

안내인이 심란한 표정을 지었다. 누군가를 대신해서 사과하는 것 같기도 하고, 동시에 자신도 분노를 품고 있는 것 같기도 한 표정이었다.

그 표정을 보며 아야코는 안내인이 이런 매정한 규칙을 정하지는 않았을 거라 해석했다. 원래 그렇게 되어 있는 것이다. 납득하고 받아들일 수밖에 없는 이쪽 세계의 규칙이다.

"왜 이런 규칙이 생겼는지 말씀드리자면……."

하다못해 위로라도 하려는지 안내인이 설명을 시작했다.

"사람은 두 번 죽는다. 현세의 육신이 죽을 때, 그리고 남은 사람들의 기억 속에서 잊힐 때' 이런 말을 들어본 적 없습니까?"

"……비슷한 말은 들어본 것 같아요."

"이 말은 참으로 지당한 말입니다. 그 말인즉슨, 지금 아야코 씨는 현세에 실체를 갖고 있지 않은 아주 어렴풋한 존재로, 타인의 기억과 인식에 의해 겨우겨우 모습을 유지하고 있다는 겁니다. 아야코 씨가 이미 죽었다는 걸 아는 사람이 아야코 씨를 다시 만났을 경우, '아야코 씨가 이승에 존재할 리가 없어!'라는 생각을 강하게 하게 되죠. 그 순간 그 사람의 기억과 인식이 심하게 어긋나면서 아야코 씨는 현세에서 모습을 유지할 수 없게 됩니다."

"……그러니까 그 말은 혹시라도 내가 죽은 걸 알고 있는 가족을 만나게 되면, 그 순간 현세에서 사라지고 이쪽으로 강제 소환된다는 뜻이에요?"

"맞습니다. 실제로 무턱대고 자신의 죽음을 아는 사람을 만나러 갔다가 한순간 모습을 비추고 순식간에 사라진 사람도 있었습니다."

"……말하자면, 그건 유령 아니에요? 심령 현상 같은 거."

"그렇습니다."

"그런 거였군요……."

그 말을 듣자 아야코는 자신이 품고 있었던 여러 가지 의문에 납득이 갔다. 이미 세상을 떠난 이가 현세로 돌아가 살아 있는 사람을 만나게 되면 엄청난 문제가 터질 게 분명하지만, 이 조건 대로 마지막 재회가 이루어진다면 이야기는 달라진다. 자신의 죽음을 모르는 사람만 만날 수 있다는 이 규칙이 있기에 현세에 서는 큰 문제가 발생하지 않았고 돌아가신 할아버지가 머리맡에 나타났다가 사라졌다는 흔한 이야기도 이 규칙이라면 설명이 가능했다.

이과 출신이기 때문이라는 둥 그런 단순한 기준으로 구분 짓

는 걸 좋아하지는 않지만, 스스로 수긍할 수 있는 이론이 성립되
자 아야코는 비로소 작별의 건너편과 마지막 재회에 관한 이야
기를 신뢰할 마음이 생겼다. 특가 세일 코너에서 청바지 판매원
이 "실은 눈에 안 보이는 데 실밥이 터졌어요"라고 귀띔해줄 때
와 비슷한 기분이다. 고개가 끄덕여진다. 단점까지 알려주면 도
리어 안심하고 살 수 있다.

"그러면……."

여전히 눈앞이 캄캄했다.

"……나는 마지막으로 누구를 만나러 가면 좋을까요?"

가족이며 친척, 친하게 지냈던 친구들도 아야코의 죽음을 알고
있을 터였다. 부고를 보내지 않을 사이라면 굳이 만나러 가고 싶
지 않을뿐더러 상대방 또한 찾아와도 달갑지 않을 게 분명하다.

만나고 싶은 사람은 정해져 있다.

하지만 정말 소중한 그들은 만날 수가 없다.

그러므로 다른 누군가를 생각해 내야만 한다.

아야코는 생각하고 또 생각했다. 필사적으로 머릿속을 파헤쳤다.

내가 만나고 싶은 사람은…….

"……아무리 그래도 난 가족을 만나고 싶어."

다른 생각은 떠오르지 않았다.

특히나 아들 유타가 마음에 걸렸다. 겨우 네 살, 한창 어리광

부릴 나이. 아야코에게 유타는 그 누구보다 소중한 존재였다.

안내인이 아야코를 보며 한 가지 제안을 했다.

"아야코 씨가 현세로 돌아왔다는 사실을 상대방에게 들키는 것만은 꼭 피해야 합니다만, 변장하고 누군지 모르게 해서 만나는 건 가능합니다."

"……그치만 변장해서 내가 누군지 밝힐 수 없으면 소용없어요. 다른 사람인 척하면 내 손으로 유타를 안아볼 수도 없잖아요. 난 아직 그 애와 제대로 작별 인사도 못 했는데……."

"……유타라면, 아들 말이군요."

"당신은 우리 가족에 관해서도 알고 있군요."

"예에, 여기 오시는 분들에 관한 정보는 어느 정도……."

"……실은, 아들이 태어나기 전에는 용감할 용(勇) 자를 넣어서 이름을 지으려고 했어요."

"그러셨군요. 거기까지는 몰랐습니다."

"……그런데 그 아이를 품에 안은 순간, 마음이 바뀌었어요."

착한 사람이 되길 바랐다. 타인의 아픔을 이해하고 따뜻한 마음을 지닌 아이로 자라기를. 그런 바람을 담아 이름에 넉넉할 우(優, 일본어에서는 다정하고 착하다는 뜻으로 쓰인다) 자를 넣었다. 실제로 유타는 이름처럼 착한 아이였다. 그렇지만 걱정스러운 점도 없지 않았다. 원래부터 자기주장을 잘 내세우지 않는 아이로, 또래 아이들은 이게 갖고 싶다, 저걸 해보고 싶다, 떼를 썼지만 유타는 그러지 않았다. 뭐랄까, 부모인 아야코와 히로타카가 고민에 빠질 정도로 매사에 심드렁했다. 수영, 영어 회화, 피아노까지 체험 수업을 받게 해도 전혀 흥미를 못 느꼈고, "또 갈래?" 하고 물으면 "괜찮아"라는 말뿐, 그걸로 끝이었다.

어디서 배웠는지 몰라도 요즘 유타는 '괜찮아'라는 말을 입에 달고 살았다. 게다가 그 말은 늘 부정적인 뜻으로만 쓰였다. 그랬기에 아야코는 유타가 "괜찮아"라고 할 때마다 괜찮지 않은 기분을 느껴야 했다.

"만나고 싶은 사람은 가족밖에 없습니까……?"

안내인도 그렇게 묻기만 했다. 아야코가 기대했던 이 상황을 극복할 만한 아이디어를 제시해 주지는 않았다. 그때 아야코의 입에서 질문이 흘러나왔다.

"……못 알아보게 변장해서 만나는 게 가능하다면 가령, 가족들 앞에 모습을 드러내지 않고 멀찌가니 떨어져서 지켜보는 것도 가능한가요?"

고육지책이었다. 하지만 지금 이 상황에서 아야코가 생각해낼 수 있는 아이디어는 그 정도가 다였다.

"예, 그렇게 하면 상대방의 인식이 달라지지 않으니까 괜찮습니다. 그런데 아무도 만나지 않더라도 현세에 돌아간 순간부터

24시간이라는 시간은 흘러갑니다. 그리고 아까도 말했다시피 현세로 돌아간 아야코 씨의 모습은 예전 그대로이기 때문에, 가족 이외에 아야코 씨가 죽은 걸 아는 사람을 우연히라도 만나게 되면 바로 그 시점에서 마지막 재회는 끝이 납니다."

그렇더라도 망설일 이유는 없었다.

"상관없어요."

오로지 가족을 보고 싶은 마음뿐이었다.

행여 마지막 작별 인사조차 나누지 못할지라도 그 얼굴을 한 번 더 보고 싶었다.

"알겠습니다. 그럼 그렇게 하시죠. 실제로 누굴 만날지는 현세로 돌아가서 시간 내에 결정하면 됩니다."

그러고 나서 안내인은 결단을 내린 듯 "그럼……" 하며 입술을 움직였다. 드디어 준비가 끝난 걸까. 안내인이 가슴 주머니에 손을 찔러 넣었다. 현세로 안내하는 데 필요한 색다른 아이템이라도 꺼내나 싶어 아야코는 속으로 상상의 날개를 펼쳤다.

그러나 그 기대는 보기 좋게 빗나갔다.

"출발하기 전에 마지막으로 잠깐 쉴까요?"

안내인은 이번에도 맥스 커피를 꺼냈다.

"충분히 쉬었으니까 됐어요. 쇠뿔도 단김에 빼라고 하잖아요."

"조급해하지 말고 기다리면 기회가 온다는 말도 있던데요."

"좋은 일은 서두르라는 말도 있죠."

"급할수록 돌아가라는 말도……."

"선수를 치는 게 유리하다고도 하죠."

한 치도 양보하지 않는 아야코를 보고 안내인이 먼저 입을 다물었다.

"……아야코 씨, 정말 과학 교사가 맞습니까?"

"과학 다음으로 국어 점수가 좋았어요."

그 말에 안내인이 두 손 두 발 다 들었다는 듯이 꺼냈던 캔 커피를 도로 집어넣었다.

아야코의 눈에 안내인은 온화함을 넘어 목가적인 사람으로 비쳤다. 시간의 흐름마저 잊게 할 만큼 아무것도 없는 이 공간에서 지내는 사이에 그렇게 됐을까. 언뜻 또 다른 궁금증 하나가 머리를 스쳤다. 도대체 이 사람은 단걸 얼마나 좋아하는 거야. 맥스 커피를 연달아 두 캔이나 마시려 했다는 건 단걸 무진장 좋아한다는 증거였다.

"그럼 사쿠라바 아야코 씨. 현세로 돌아갑시다."

그런 아야코는 아랑곳하지 않고 안내인이 손가락 두 개를 시원스레 팅기자 아무것도 없던 공간 위로 문 하나가 떠오르듯 나타났다.

나무로 된 낡은 문이었다.

사람 하나가 겨우 지나갈 만한 크기였다.

문 자체는 평범했지만, 이 유백색 공간에 문이 떠오른 모습은 왠지 모르게 언밸런스해서 지금부터 옛날이야기라도 시작하는 게 아닐까 싶은 분위기를 풍겼다.

"그럼, 안내하겠습니다."

안내인이 이쪽으로 오세요, 하며 아야코를 문 앞으로 재촉했다.

아야코는 망설임 없이 문에 손을 갖다 대며 한 걸음 내디뎠다.

그 순간, 새하얀 빛이 아야코를 빙 둘러쌌다.

2

눈부셔. 가장 먼저 그렇게 느꼈다. 햇살이다. 얼굴을 들자 탁 트인 푸른 하늘이 펼쳐져 있었다. 그리고 땅. 땅에 손을 짚고 있었다. 냄새가 코끝을 스쳤다. 흙 내음, 해바라기에서 나는 향내. 이어서 소리가 날아들었다. 매미 울음소리, 에어컨 실외기 돌아가는 소리.

이유는 모르지만 그런 감각을 통해 내가 현세로 돌아왔다는 사실을 확신했다. 그건 그렇고, 여긴 어디지…….

"앗."

답은 바로 나왔다. 창문 옆에서 떨어져 황급히 몸을 숨겼다.

우리 집이다.

그것도 마당. 거실이 바로 코앞에 있었다. 안내인도 참, 갑자기 여기로 데려오면 어쩌자는 거야. 만에 하나 유타나 남편한테 들키기라도 하면 전부 물거품이 되고 순식간에 원래 있던 곳으로 소환되면서 끝이 나고 만다. 앞으로는 조심해야지…….

나는 숨을 길게 한번 내쉬었다. 이렇게 하면 마음을 가다듬을 수 있다. 괜찮아, 우선은 지켜보기만 하는 거야. 신중하게 다가가야지. 주위에 누가 있는지 확인하면서 천천히 집 안을 살펴보자.

시야 가장자리로 방충망을 끼운 창틀이 보였다. 창틀 대각선 아래에서 집 안을 들여다보기로 했다.

그런데 내 예상보다 훨씬 일찍 그토록 보고 싶었던 광경이 눈동자에 담겼다. 커튼 틈새로 눈에 들어온 것은…….

"유타…….."

유타였다. 혼자서 장난감 블록을 가지고 놀고 있다. 딱히 뭘 만들겠다는 의지도 없이 그냥 덤덤히 블록을 차곡차곡 쌓기만 했다.

일고여덟 개를 더 쌓아 올렸을 즈음 소리와 함께 블록이 무너졌다. 유타는 소리를 지르지도 않는다. 바닥에 떨어진 블록을 다시 하나씩 주워 모으기 시작했다.

방 한쪽에는 사이버 레드 인형이 널브러져 있다. 그건 유일하다고 해도 좋을 만큼 유타가 마음을 빼앗겼던 존재이다. 유타는 멀미가 심했던 탓인지 남자아이라면 흔히 빠져드는 탈것에도 무

관심했다. 대신 유타는 히어로를 동경했다. 사이버 레드처럼 빨간 옷을 즐겨 입고 크리스마스 선물로 그 인형을 사달라며 졸랐다.

인형을 선물 받았을 당시에는 매일 그 인형을 안고 잠들었다가 눈뜨자마자 자신의 거친 잠버릇 때문에 행방을 감춘 인형을 찾기 바빴다. 이제 그때보다 애정이 사그라든 걸까. 히어로 인형은 방 한구석에서 굴러다니고 있다. 그리고 유타도 회색 티셔츠를 입고 있다.

그때, 꼭 만나고 싶었던 또 한 사람이 거실에 모습을 드러냈다.

"……유타, 오늘은 뭐 먹고 싶어?"

히로타카다. 뺨이 조금 홀쭉해진 것처럼 보이기도 했다.

그다음에는 손가락에 감겨 있는 붕대로 눈이 갔다. 그러고 보니 테이블 위에 반짇고리가 놓여 있었다. 유치원 행사에 필요한 뭔가를 만들어야 하는 걸까. 히로타카가 서툰 바느질까지 하게 됐구나.

죽음은 느닷없이 나를 찾아왔다. 히로타카도 마음고생이 심했음이 분명하다. 남의 강아지를 구하려다 죽어버린 나를 향한 원망이 잔뜩 쌓였을 수도 있다.

만약 지금 당장 히로타카 앞에 나타날 수 있다면, 나는 제일 먼저 무슨 말이 하고 싶을까.

곧바로 머릿속에 떠오른 것은 "미안해"라는 사죄의 말이었다.

아무리 용서를 빌고 또 빌어도 부족하겠지만, 그 말만은 꼭 해야 한다.

할 수만 있다면 당장 히로타카의 눈앞에 나타나 그 말을 전하고 싶었다.

하지만 그것조차 허락되지 않는다.

어째서일까. 아까까지만 해도 이 정도는 아니었는데 참을 수 없는 통증이 가슴 안쪽을 찔렀다. 실체가 희미하다더니 통증은 살아 있을 때와 똑같이 몸을 꿰뚫는 듯했다.

"……으음, 뭐가 먹고 싶을까?"

유타는 히로타카의 질문에 질문으로 대답했다.

대답이라기보다 오히려 혼잣말에 가까웠다.

"……엄마는 뭐가 먹고 싶을까?"

"유타…….."

히로타카의 입에서 목소리가 흘러나옴과 동시에 나도 아이의 이름을 되뇌었다.

"……엄마는 저기 멀리 가 있잖아."

"멀리?"

"응."

히로타카가 유타를 안아 올렸다.

"엄마는 저기 먼 별에 가 있어. 그렇지만 언제나 유타를 지켜

보고 있지."

히로타카가 그림책을 읽어 주는 듯한 말투로 말하며 유타의 등을 부드럽게 쓸어내렸다.

유타는 응, 하고 작게 고개를 끄덕였다.

별이 된 게 아니라, 먼 별에 가 있다.

히로타카다운 설명이다 싶었다. 대학 시절이 생각났다. 당시에는 천체 망원경으로 멀리 떨어진 별을 관찰하고 미지의 생물에 관해 이야기하느라 밤을 새우곤 했다.

유타가 태어난 후에도 셋이서 오아미시라사토의 시라사토 해안으로 별을 보러 간 적이 있다. 여기 마쿠하리에서 지바토가네 도로를 타면 한 시간도 안 걸려서 갈 수 있기 때문이다.

그런데 그날은 비가 내렸다. 유타는 칭얼대며 울고 히로타카도 언짢은 얼굴을 하고 있었지만, 지금은 그것조차 무엇과도 바꿀 수 없는 소중한 추억 중 하나로 남아 있다.

"좋았어. 그럼 오늘은 특별히 고기 먹으러 갈까? 스테이크도 좋고."

히로타카가 조금 전과 달리 목소리 톤을 확 끌어올리며 말했다.

"괜찮아. 햄버거 먹으면 돼."

유타가 평소의 입버릇처럼 그렇게 대답하자 히로타카가 유타의 머리를 쓱쓱 쓰다듬었다.

"……그럼 일본에 처음 문을 연 미국 유명 햄버거 가게가 있다던데, 거기 가자."

히로타카가 유타를 꼭 껴안았다.

"유타, 좋겠네……."

어째서 나는 저 자리에 함께 있을 수 없는 걸까.

당장이라도 달려가고 싶다.

달려가서 두 사람을 꼭 안아주고 싶다.

두 사람과 나 사이의 거리는 손이 닿을 만큼 가까우면서도 한없이 멀었다.

만나지도 못할 거면서 이 집에 돌아온 건 역시 잘못된 선택이었을까.

이토록 가까이 있는데도 말 한마디 건넬 수 없다니, 흡사 나만 홀로 위험한 바이러스에 감염된 것 같은 기분이었다.

현세로 돌아왔지만, 소중한 사람을 만나지 못하는 이 세상은 이리도 고통스러운 것이구나…….

"히로타카, 유타…… 미안해……."

눈물이 왈칵 쏟아졌다.

미안하다는 쉬운 말로는 다스릴 수 없는 감정이 눈물이 되어 흘러내리는 것만 같았다.

3

"……아니, 안내인님. 그건 진짜 아니지 않나요?"

"엇, 무슨 말씀이신지. 그렇지만 일단 죄송합니다."

"내용을 듣기도 전에 사과부터 하는 것도 좀 아닌 것 같은데요. 게다가 일단이라뇨."

"선수를 치면 유리하다고 아까 배웠거든요."

안내인이 짓궂게 웃으며 대꾸했다. 트집을 잡을 생각이었지만 그렇게 표표히 대답하는 모습에 기가 막혀 할 말을 잃고 말았다. 하지만 안내인의 가벼운 말투가 슬픔까지 함께 날려주는 듯한 기분이 들어 마음이 한결 편안해졌다.

"……저기요, 아까 현세로 돌아갈 때, 갑자기 우리 집 마당에 데려다 놨잖아요. 혹시라도 거기서 히로타카나 유타와 마주쳤으면 바로 이웃이었다고요. '대체 어쩌려고 그래요? 마지막 재회가 물거품이 될 뻔했잖아요'라고 잔소리할 생각이었지만, 안 할게요."

"할 말 다 하신 것 같은데요?"

그랬나.

기가 막혀도 할 말은 남아 있었나 보다.

"다음에는 제대로 좀 하시라고요."

"그러려고 이번에는 여기까지 걸어왔잖습니까. 가끔은 한가로이 산책하는 것도 좋군요."

안내인이 느긋하게 말을 이어 나갔다. 가끔이라고 했지만, 안내인은 분명 매일같이 한가로이 산책하고 싶은 사람일 것이다. 어쨌거나 서두르고 싶지 않은 마음은 나도 매한가지였다.

나는 우리 집을 뒤로하고 안내인을 통해 한 인물이 사는 곳까지 안내를 받았다.

"여기구나……."

내 눈에 들어온 건 소부선 마쿠하리역에서 멀지 않은 곳에 위치한 한 동짜리 맨션이다. 가족을 제외하고 내가 만나고 싶은 사람이 여기 있다.

"이시바시 노부요시 씨는 아야코 씨가 중학생 때 담임이셨군요."

"맞아요. 내가 중학교 교사가 돼야겠다고 마음먹을 계기를 만들어준 분이세요. 나한테 이시바시 선생님은 진짜 이상적인 교사였을 뿐 아니라, 당시의 나를 구해준 분이기도 했어요……."

흔하다면 흔한 이야기일 수도 있다. 중학생은 사춘기 중에서도 제일 힘든 시기다. 그 나이 때의 여자애는 비눗방울처럼 섬세하고 유리 조각처럼 날카로운 면을 동시에 갖고 있다. 당시 우리 학교에서는 집단 괴롭힘에 가까운 행위가 매주 그 대상을 바꿔가면서 이뤄지고 있었다.

집단 괴롭힘의 바통이 내 단짝에게까지 넘어온 건 2학년 여름 방학을 앞두고 있을 때였다. 괴롭힘이라 해도 주먹질과 발길질이 난무하는 폭력은 없다. 오히려 관심을 두지 않고 없는 사람처럼 무시한다. 그런가 하면 멀찌감치 떨어져 자기들끼리 귓속말을 주고받고 의미심장한 웃음을 흘린다. 왜 웃는지 그 이유도 모른다. 일종의 게임 같기도 해서 그런 행동을 하는 애들은 기분이 좋을 것이다. 하지만 당하는 사람은 도저히 견뎌낼 재간이 없다. 스트레스라는 네 글자로 끝낼 수 있는 문제가 아니었다. 그러다 그 칼날이 가장 친한 친구를 겨냥하게 되면…….

말하자면 나는 그 칼날과 맞섰다. 그 잔인한 바통과 관습을 끊어내야만 한다고 생각했다.

하지만 한낱 여중생이 할 수 있는 일은 별로 없었다. 잔혹한 현실이 소수파 여자 그룹에 속한 나를 기다리고 있었다. 일주일도 지나기 전에 괴롭힘의 대상이 나로 바뀌었다. 바통이 내게로 넘어왔다. 대기하는 다음 주자는 없고, 나도 바통을 넘겨줄 마음이 없었다. 오기였다. 승부욕과 정의감은 옛날부터 강했다. 그렇지만 좌절할 뻔했던 순간도 있었다. 앞사람에게 바통을 되돌려줄 수도 없기에 단짝과 상의하는 것도 불가능했다. 그럴 때 등장한 사람이 이시바시 선생님이었다.

선생님은 이 사태를 알아차리자마자 문제 해결에 앞장섰다. 이런 일은 어른이 개입하면 더 악화되는 경우도 있지만, 그런 면에서도 베테랑 교사인 이시바시 선생님은 달랐다. 피해자와 가해자 사이에서 양쪽 당사자의 관계를 명확히 밝히고, 사태가 더 나빠지지 않도록 규칙을 만들면서 문제를 해결해 냈다.

내게 이시바시 선생님은 히어로와 같은 존재였기에 내가 중학교 교사를 꿈꾼 건 어쩌면 당연한 결과였다.

틀림없이 지금의 나에게도 뭐라고 한마디 해주시겠지. 이미 세상을 떠난 나일지라도.

"10년 전쯤 마지막으로 만났으니까 선생님도 깜짝 놀라시겠지."

기대 반, 긴장 반이었다.

무슨 얘기를 할까. 내가 교사가 된 건 알고 계시지만, 결혼해서 아이까지 낳은 건 아직 모르실 텐데.

마지막 재회의 시간이 주어진 뒤 처음으로 가슴이 뛰는 나 자신을 알아차렸다.

그러나 결국 이시바시 선생님과의 만남은 허락되지 않았다.

상상도 못 했다.

내 예상 밖의 일이었다. 하지만 찬찬히 생각해 보면 있을 법한 일이기도 했다.

"……아버지는 2년 전에 돌아가셨어요."

내가 불단 위의 영정 앞에서 합장을 끝내자 이시바시 선생님의 따님이 입을 열었다.

선생님은 이미 돌아가시고 없었다.

그것도 2년 전에.

그동안 나는 아무것도 몰랐다.

"강에 빠진 아이를 구하러 갔다가……."

"선생님이 아이를……."

이 공간에서 미소를 머금고 있는 사람은 영정 속 선생님뿐이다.

따님이 선생님 얼굴을 바라보며 말을 이었다.

"아버지는 매일 강변 둔치를 산책했었는데, 놀라서 난리가 난 아이들을 발견하고 달려갔더니 한 아이가 물에 빠져서……."

거기서 따님의 목소리 톤이 한 음 정도 낮아졌다.

"그 아이는 살았지만, 아버지는 그대로……."

"그러셨군요……."

처음에는 놀랐지만 내 마음은 서서히 납득하는 쪽으로 기울었다.

이시바시 선생님은 그런 광경을 본다면 물속으로 냅다 뛰어들어 아이를 구하고도 남을 것이다.

그런 분이셨다.

언제나 자기 자신보다 남을 우선으로 여기던 사람.

"제 딸아이가 이제 막 두 살이 됐을 무렵이었어요……. 물에 빠진 아이는 여섯 살이었다던데, 나이 차이는 나지만 그 아이가 손녀딸과 겹쳐 보였을지도 모르겠어요. 경찰분도 용감한 최후였다고 말씀하시더라고요. 아버지다운 선택이었다고 생각해요. 의협심이 강하고 올곧은 사람이었으니까……."

같은 말을 들었다. 처음 안내인을 만났을 때 안내인도 나에게 이렇게 말했다. 용감한 최후였다고.

그때 나는 뭐라고 대답했더라. 무모하고 한심하다고 해도 된다고 말했다. 하지만 이시바시 선생님의 죽음 앞에서는 전혀 그런 생각이 들지 않았다. 그럴 수가 없었다.

용감한 최후였다.

이시바시 선생님은 정말 마지막 순간까지 히어로였다.

"누구야? 할아버지 친구야?"

방 한쪽에서 장난감을 가지고 놀던 여자아이가 나를 말끄러미 쳐다보았다.

"사에, 이분은 할아버지 친구가 아니고 제자셔."

이름이 사에인 모양이다.

"제자?"

"좀 어렵지?"

알아듣지 못할 수도 있다. 아직 네 살이니까.

"나는 말이야, 할아버지께 신세를 아주 많이 졌어. 할아버지는 내 은인이시란다."

"은인⋯⋯."

"소중한 사람이라는 뜻이야."

"소중한 사람."

그 말은 알아들었는지 사에가 환하게 웃으며 고개를 까닥거렸다.

웃고 있는 아이의 표정에서 이시바시 선생님의 얼굴을 엿볼 수 있었다.

"사에는 할아버지가 돌아가셨다는 게 무슨 뜻인지 아직 모르나 봐요. 그래도 어쩔 수 없잖아요. 그리고 어쩌면 그편이 더 낫겠다 싶어요. 슬픔도 덜할 테니까요. 앞으로 조금씩 이해하게 되면⋯⋯."

"그럴 수도 있겠네요⋯⋯."

"사에, 엄마랑 저쪽에 가서 놀까?"

따님은 가볍게 묵례하며 아이를 데리고 옆방으로 갔다.

나는 홀로 남아 한번 더 불단 위의 선생님 영정으로 시선을 옮겼다.

"……선생님, 왜 그런 거예요?"

무심코 입술 사이로 말이 새어 나왔다.

"……히어로는 이렇게 될 운명인가요?"

내 히어로는 사라졌다.

그 히어로처럼 되고 싶었던 나도 이 세상에서 사라져 버렸다.

"……신은 심술궂고 자기밖에 모르는 존재여서, 히어로를 자기 옆에 두고 싶은 걸까요."

선생님은 뭐라 대답해 주지 않았다.

4

멀리 돌아서 집으로 향했다.

하지만 가만히 생각해 보니 지금 내게는 돌아갈 집이 없었다. 그러니 그냥 배회하는 건지도 모르겠다.

내 발길을 붙잡은 곳은 하나미강 둔치였다. 이시바시 선생님이 물에 빠진 아이를 구했던 곳. 지금은 언제 그런 사고가 있었느냐는 듯 평화롭기만 했다. 일상이 흘러가듯 강물도 천천히 흘러가고 있다.

강기슭의 콘크리트 계단에 걸터앉아 멍하니 수면을 바라보았다.

선생님의 죽음은 확실히 내 가슴속 깊이 무언가를 남겼다.

"……이시바시 선생님은 진짜 히어로 같은 분이셨군요."

옆에 앉은 안내인이 하늘로 눈길을 보내며 말했다.

"……네, 정말 그래요. 선생님은 살면서 여러 사람을 구했고, 그렇게 도움 받은 사람들이 또 누군가를 구하고 있을 것 같아요."

나도 하늘로 눈을 돌렸다.

저 멀리 여름을 알리는 소나기구름이 깔려 있었다.

"그러니까 이 세상은 선생님이 태어나기 전보다 훨씬 좋아졌을 거예요."

"아야코 씨도 이시바시 선생님처럼 누군가를 구했잖습니까."

"누군가라 해도, 내가 구한 건 강아지였지만요……."

"정말로 훌륭합니다."

안내인이 진심이 담긴 칭찬과 함께 미소를 보냈다.

"……훌륭한가요."

원래대로라면 그 말을 곧이곧대로 받아들이면 됐었다.

하지만 나는…….

"……안 그래도 됐는데."

"예?"

"……나는……선생님 같은 히어로는 될 수 없어요."

내내 생각했다.

내가 히어로라니, 나는 절대로 히어로가 될 수 없다.

"……왜 그렇죠?"

"……아까 선생님 댁을 찾아갔을 때도 그랬어요."

고백하려던 건 아니었는데 입에서 말이 툭 흘러나왔다.

"······난, 선생님 따님에게 질투가 났어요."

"질투······."

"나랑 나이도 엇비슷하고, 우리 애랑 동갑인 아이를 키우고 있었어요. 나는 선생님만 떠올리려 애썼지만, 머릿속 한구석에서는 그 따님에 관한 생각이 자꾸 밀려왔어요. 그러면서 질투했죠. 미래가 있고, 앞으로도 살아갈 수 있고, 가족들과 계속 함께할 수 있다는 그 사실이 너무 부러워서 그만······."

억누르지 못한 감정이 새어 나왔다.

"······난 히어로가 아니에요. 히어로 같은 건 안 돼도 좋아요! 그냥 살고 싶어요! 유타랑 히로타카랑 같이······, 그냥 같이 있고 싶을 뿐인데······."

하염없이 눈물이 흘러 얼굴이 눈물로 뒤범벅되었다.

처음 안내인을 만났을 때 안내인은 내게 마음을 추스르는 게 대단히 빠르다고 했었다.

그때도 딱히 감정을 숨기려는 마음은 없었다.

그저 실감을 못 했을 뿐이다.

집에 가서 가족들 얼굴을 보고, 선생님이 돌아가셨다는 소식을 듣고, 실제로 현세를 살아가는 사람을 만나고 나서야 비로소 현실이 색채를 띠며 내 죽음을 똑바로 응시할 수 있었다.

이제 다시는 이 세상에 돌아올 수 없다.

아무리 발버둥 쳐도 과거는 바꿀 수 없다.

만약에 그때 다른 슈퍼에 갔더라면.

잠깐 다른 데 들렀다 오느라 시간이 어긋났더라면.

누가 내 팔을 잡고 말렸더라면.

그런 무의미한 생각들이 끊임없이 밀려왔다가 밀려갔다.

하지만 그런 생각은 다 부질없다.

이제 나는 가족도 친구도 만날 수 없다.

소중한 사람들을 만나는 건 불가능하다.

두 번 다시…….

"……아야코 씨."

내가 울음을 그칠 때까지 기다렸다가 안내인이 내 이름을 불렀다. 그러더니 부드러운 목소리로 뜻밖의 말을 덧붙였다.

"저기 좀 보세요. 저쪽에 나비가 날고 있어요."

"네에?"

"휴케라와 상사화도 꽃을 예쁘게 피웠어요."

안내인의 손끝이 가리키는 쪽으로 눈길을 돌리자 자그마한 흰색 꽃과 예쁜 분홍빛 꽃잎이 강둑을 장식하고 있고, 꽃잎 위로 새하얀 나비가 나풀나풀 날고 있었다.

나는 눈물 자국이 사라질 때까지 안내인과 함께 그 광경을 가만히 지켜보았다.

"가끔은 이렇게 멍하니 있는 것도 좋습니다."

안내인이 다시금 입을 열었다.

"……안내인님은 가끔이 아니라 늘 있는 일 아니에요?"

"그럴 리가요. 그리고 저는 멍하니 있는 게 아니라, 온전히 음미하는 겁니다. 매 순간을요."

"……처음에 맥스 커피를 마실 때도 그렇게 말했었죠."

"네, 제대로 음미하고 있으니까요. 커피든 인생이든 천천히 그맛을 감상하면서 하루하루 살아갑니다…… 아니, 저도 아야코씨와 마찬가지로 이미 죽었으니까 하루하루 지내고 있다는 말이더 맞을지도 모르겠네요."

"……안내인님도 원래는 저와 같은 보통 사람이었군요."

"예, 보통 사람이었죠. 이 세상에 차고 넘치는 사람 중 하나였습니다."

처음 만났을 때부터 사신이 아니라 안내인이라는 말과 잘 어울리는 분위기를 풍겼던 것도 그런 사정이 있어서였구나. 원래는 나처럼 평범한 사람이었다. 그리고 나처럼 이미 세상을 떠났고…….

"……그냥 천하태평에 목가적인 사람이구나 싶었는데, 안내인님도 이런저런 사연이 있나 봐요."

"목가적이라는 말은 오랜만에 듣습니다만 거참, 아니라고는 못 하겠네요. 느긋하게 지내는 것도, 기다리는 것도 싫지 않으니까요……."

그렇게 말하며 먼 곳을 바라보는 안내인의 얼굴은 왠지 모르게 쓸쓸해 보였고, 안내인이 그런 표정을 지은 건 그때가 처음이었다. 무슨 생각을 하는 걸까. 안내인의 마음을 헤아릴 길이 없었다.

그래서 그 대신 이 말을 꺼내보기로 했다.

"……늘 태평하게 보이는 사람들도 마음속 깊은 곳을 두드려보면 어딘가 슬픈 소리가 난다."

내가 그렇게 읊조리자 안내인이 휘둥그레진 눈으로 내 쪽을 쳐다보았다.

"아야코 씨, 진짜……."

"과학 교사 맞아요."

내가 선수를 치며 대답했다.

안내인의 눈이 부드럽게 휘어졌다.

"나쓰메 소세키를 언급하는 걸 보면 아무래도 국어 선생님 같다니까요.《나는 고양이로소이다吾輩は猫である》에 나오는 구절이잖아요."

"안내인님도 잘 아시네요. 이것도 이시바시 선생님이 가르쳐

주셨는데. 좋아하는 구절이에요. 나도 학생들 앞에서 이 구절을 인용해서 설명해 봤는데, 다들 무슨 소린가 싶은 표정으로 보더라고요. 이시바시 선생님한테도 나쓰메 소세키한테도 어찌나 죄송한 기분이 들던지."

"어쩌면 이시바시 선생님도 당시에는 아무에게도 전해지지 않았다고 생각하지 않았을까요? 아야코 씨의 말도 닿을 사람에게는 분명 가닿았을 겁니다. 이시바시 선생님에게서 아야코 씨에게로 전해진 것처럼."

안내인은 그렇게 말하더니 자기 가슴을 두어 번 가볍게 두드렸다. 어떤 소리가 울렸을까. 거기가 마음속 깊은 곳인지는 나도 잘 모르겠다.

가만히 안내인의 말을 곱씹어 보았다. 이시바시 선생님이 나에게 해주신 것처럼 나도 내 제자들에게 뭐라도 남겨준 게 있을까. 만일 그런 게 있다면, 교사로서 이보다 더 큰 행복은 없다. 이시바시 선생님이 누군가에게 이어받아 내게 전해준 바통을 나도 다음 사람에게 넘겨준 게 될 테니까.

"……아, 이제 어쩐다."

가슴속 앙금을 전부 털어놓고 나니 속이 후련했다.

맨 처음 그랬듯이 앞을 똑바로 직시해야겠다는 마음이 생겼다. 속마음을 솔직하게 드러내는 것은 꼭 필요하고도 중요한 과정이었다.

"마지막 재회를 위한 시간은 아직 절반 넘게 남아 있습니다."

"이제 절반밖에 안 남았다고도 할 수 있죠."

벌써 석양이 저물기 시작했다. 내일 아침이면 나는 이곳에서 사라지게 된다. 아무튼 그때까지 남은 시간을 유용하게 활용해야지.

아직 절반 넘게 남아 있다고 말할 수도 있겠지만, 나로서는 역시나 이제 절반밖에 남지 않았다는 느낌에 가까웠다.

"아아, 그러고 보니 제가 미리 이시바시 선생님에 대해서 조사해 뒀더라면 이렇게 아야코 씨를 슬프게 하는 일은 없었을지도 모르겠군요. 죄송합니다……."

"아니, 이 타이밍에 죄송하다고요?"

"지금 사과하면 크게 화내지 않을 것 같아서요."

"어휴, 정말, 지금까지 많은 사람을 안내했을 거잖아요. 그런 것치고는 실수가 너무 많으시네……."

안내인이 헤실헤실 웃으며 죄송하다는 말과 함께 허리를 숙였다. 정말이지 한결같이 초연한 사람이다. 하지만 처음부터 이런 태도를 보였기에 나도 크게 비통해하지 않고 견딜 수 있었던 게 아닐까. 이 사람은 지금껏 얼마나 많은 사람을 이렇게 배웅해 왔을까. 물어보고 싶었지만 지금은 이제부터 내가 마지막으로 재회할 사람에 관해 고민해야 했다.

앞으로의 일은 내게 달렸다.

누구를 만나러 가야 할까.

예전에 만난 적 있는 사람.

아직 내가 죽은 걸 모르는 사람.

그리고 내가 마지막으로 만나고 싶은 사람…….

머릿속을 뒤적였다.

태어난 순간부터 지금까지의 일들이 기록된 앨범이 한 장 한 장 넘어갔다.

"……앗."

순간 머릿속에 아이디어 하나가 떠올랐다.

울고 나서 머릿속이 텅 비어 버린 게 의외로 좋은 방향으로 작용했는지도 모르겠다.

비록 흐느껴 울긴 했으나 이시바시 선생님 댁을 찾아갔던 일이 결과적으로 좋은 기회를 만들어 주었다.

방금 안내인이 이상한 타이밍에 사과한 것도 그렇고.

"누구 떠오른 사람이 있나 보군요."

안내인이 빙그레 웃어 보였다.

시간은 아직 절반 넘게 남아 있었다.

5

어둠이 짙게 녹아들기를 마냥 기다렸다. 그것도 한밤중까지.

이제 몇 시간 남지 않았다. 귀한 시간을 허비했다 할지라도 이 방법밖에 없었다. 이것이 최선의 선택인지라 달리 방법이 없었다. 내가 결정하고, 내가 선택했다. 그러니 실패하더라도 후회는 없다.

내가 다다른 곳은 맨 처음에 왔던 장소.

우리 집이다. 히로타카와 유타가 있는 집.

그랬다. 내가 마지막으로 만나고 싶은 사람은 가족이었다. 가족 말고는 아무도 떠오르지 않았다. 소리를 내지 않도록 조심하면서 현관문을 열었다. 여벌 열쇠는 늘 그랬듯 화분 밑에 숨겨져 있었다. 그리고 두 사람은 변함없이 거실 옆 다다미방에 이부자리를 펴고 잠들어 있었다.

"……읍."

그저 잠든 얼굴을 보기만 해도 뜨거운 무언가가 북받쳐 올라왔다. 하지만 지금은 감상에 젖을 여유가 없다. 이 순간은 내게 남은 마지막 한때니까. 이때를 고른 데는 까닭이 있다. 또, 이 순간에 이 상대를 선택한 것도.

"……유타."

히로타카가 깨지 않게 곤히 잠든 유타를 안고 거실로 와 들릴락 말락 한 목소리로 이름을 불렀다.

목소리가 살짝 떨렸다. 행여 유타가 눈을 뜬 순간에 내 몸이 사라져 버리면 어떡하나 불안했다.

그런데 한순간에 사라진 건 내 몸이 아니라 불안감이었다.

"……엄마, 돌아온 거야?"

유타가 그렇게 물었다.

"유타……."

아직 잠이 덜 깬 아이를 꼭 껴안았다.

그리고 나는 이 선택이 잘못되지 않았음을 확신했다.

이시바시 선생님 댁에 갔을 때였다. 선생님 손녀인 사에는 네 살, 유타와 동갑이다. 사에는 할아버지의 죽음을 잘 이해하지 못했다.

그랬기에 사에와 나이가 같은 유타 역시 내가 죽었다는 사실을 제대로 이해하지 못하는 게 아닐까 하는 생각이 들었다. 안내인은 내가 죽었다는 사실을 아는 사람은 만날 수 없다고 했다. 그렇다면 애초에 죽는 게 뭔지 모르는 유타와는 만날 수 있다는 말이 된다. 또한 히로타카가 유타에게 엄마는 멀리 떨어진 별에 가 있다고 얘기해준 것도 한몫했다.

"엄마, 숨 막혀."

유타가 내 품 안에서 몸부림치는 통에 나는 다급히 팔의 힘을 풀었다.

그리고 유타의 눈을 들여다보았다.

유타다.

유타와 이렇게 다시 얘기할 수 있으리라고는 꿈에도 생각지 못했다.

그런데 바로 그 순간 가슴속에 불안이 먹구름처럼 퍼졌다. 나는 오늘 밤까지만 이곳에 있을 수 있다. 나는 곧 사라지고 또다시 유타에게 슬픔을 안겨주게 된다. 여기 온 건 정말 잘한 선택이었을까. 어째서 나는 계속 이 아이 옆에 있을 수 없는 걸까……

"……엄마?"

유타가 걱정스러운 표정으로 내 얼굴을 빤히 쳐다보았다.

안 돼.

이런 얼굴을 보일 순 없다. 마지막이니까.

마지막인 만큼 엄마답게 더 강해져야 한다.

"……유타. 유타는 사이버 레드처럼 씩씩한 히어로가 될 거지?"

유타도 강해져야 한다. 앞으로는 히로타카와 둘이서 살아가야 하니까. 예전에 유타가 넘어져 울 때도 "사이버 레드처럼 씩씩한 히어로가 될 거지?"라고 했더니 금방 울음을 뚝 그쳤다. 그래서 강해지길 바라는 마음을 담아 똑같이 말해 보았다. 마지막으로 내가 할 수 있는 격려는 고작 이 정도가 다였다.

"아니."

그런데 유타가 고개를 옆으로 흔들었다.

"이제 사이버 레드는 필요 없어."

예상하지 못한 대답이었다. 이번에도 금방 흥미를 잃어버린 건가. 어쩌지, 유타는 앞으로 정말 괜찮을까. 이대로 이 세상에 유타를 남겨두고 가야 한다는 사실이 가슴을 죄어왔다. 이제 어떡하지…….

하지만 유타의 뒷말을 듣자 불안했던 마음이 말끔히 사라졌다.

"난, 엄마 같은 히어로가 될 거야."

유타의 동글동글한 눈동자가 내 눈을 마주 바라보고 있었다.

"엄마는 지금 지구 말고 멀리 있는 별을 지키고 있는 거지?"

"유타……."

"나도 열심히 할게."

문득 멀리 있는 별에 가 있다고 설명하던 히로타카의 말이 되살아났다.

'엄마는 저기 먼 별에 가 있어. 그렇지만 언제나 유타를 지켜보고 있지'

설마 그 말이 이런 뜻이었을 줄이야.

그럴 거라고는 생각도 하지 못했다.

그저 히로타카가 별을 좋아하다 보니 그렇게 설명했다고만 여겼다.

유타가 내 품에서 빠져나가더니 거실 한쪽에 놓여 있던 뭔가를 들고 돌아왔다.

"아빠랑 같이 배우기 시작했어."

"이건……."

가라테 도복이었다.

눈이 부실 만큼 하얗고 얼룩 하나 없는 새 옷이었다.

유타는 내가 본 모습 중 가장 의젓한 모습으로 도복을 손에 쥐고 있었다.

"엄마처럼 멋진 히어로가 될 거야."

"멋진 히어로로……."

"나, 열심히 할게."

"유타……."

미처 말이 되지 못한 목소리로 사랑하는 아들의 이름을 불렀다.

한없이 사랑스럽고 소중한 아들에게 내 마음속 생각들을 모조리 전해야겠다고 마음먹었건만, 하려던 말은 목구멍에 걸린 채 나오지 않고 반사적으로 아이의 이름만 흘러나왔다.

그래. 그랬구나.

지금까지의 일들이 하나로 이어졌다.

유타가 사이버 레드 인형을 가지고 놀지 않게 된 건 엄마인 나와 같은 히어로가 되고 싶다고 생각해서였다.

바느질을 한 흔적이 남아 있었던 것은 히로타카가 이 도복 밑단을 줄여야했기 때문이다.

그리고 히로타카가 엄마는 지금 먼 별에 가 있다고 설명한 것도 전부 그런 연유였던 것이다.

아마도 히로타카는 내가 작은 생명을 구했다는 사실만을 유타에게 전했으리라.

"유타……."

다시 한번 유타를 부둥켜안았다.

"엄마, 숨 막혀."

하지만 이번에는 유타의 말에도 팔을 풀지 않았다.

이유가 있었다.

"유타……, 유우……타아……."

왜냐하면 지금 이 팔을 풀면 내가 흐느껴 울고 있다는 사실을 들키고 말 테니까.

"엄마?"

눈물이 멈추지 않았다. 꺼이꺼이 목 놓아 울지 않는 게 내가 할 수 있는 최선이었다.

유타가 대견했다.

히로타카의 배려에 마음이 흐뭇했다.

그 모든 것들이 내 마음 깊은 곳에 와닿으며 가슴속 가득 뜨거운 무언가가 차올랐다.

그러더니 내 가슴속에 다 담지 못한 뜨거운 무언가가 눈물이 되어 흘러넘쳤다. 그렇더라도 마지막 순간에 엄마가 오열하는 모습을 보일 수는 없다.

걱정을 끼치게 될 테니까.

유타에게 나는 히어로가 아닌가.

그러니 마지막 순간까지 믿음직한 모습을 보여 줘야 한다.

"……유타, 멋진 히어로가 되려면 음식을 골고루 먹어야 해. 피망이랑 토마토도 남기면 안 돼. 좋아하는 것만 골라 먹으면 키가 안 자라거든."

"응, 알았어."

유타가 내 품 안에서 고개를 끄덕였다.

"게임만 하지 말고 운동도 열심히 해야 해. 앞으로는 공부도 해야 하고, 책도 많이 읽어야 해."

"응, 알았어."

자그마한 머리통이 한번 더 움직였다.

"차 조심해야 하는 건 알지? 히어로도 자기 목숨을 제일 소중히 여겨야 하거든. 찻길에는 절대로 뛰어들면 안 돼. 길을 건널 때는 왼쪽 오른쪽 잘 살펴보고, 왼쪽을 한번 더 확인하면서 건너야 하는 거 잊으면 안 된다."

"응, 알았어."

또다시 머리가 움직였다.

"그다음에 오른쪽도 한번 더 보고."

"알았다니까 엄마."

유타가 웃는다. 품속도 가슴속도 더할 나위 없이 뜨거워졌다. 유타가 언제 이렇게 컸을까. 부모가 의식하지 못하는 사이에 아이는 자라고 있었다.

유타가 내 품 밖으로 고개를 쏙 내밀었다.

"엄마."

유타의 눈빛이 나를 똑바로 바라본다.

"난 괜찮아."

"유타……."

유타의 입버릇.

괜찮아.

그 말을 들을 때마다 나는 불안했다.

무엇을 숨기고, 침묵하고, 머뭇거리는지 걱정스러웠다.

그런데 그게 아니었다.

이번에는 달랐다.

나는 유타에게서 "괜찮아"라는 말을 듣고 처음으로 마음이 놓이는 걸 느꼈다.

"고마워, 유타……."

유타의 머리를 쓰다듬었다.

그러자 유타도 아주 편안해 보이는 얼굴로 스르르 눈을 감았고, 그대로 얼마 지나지 않아 곤히 잠이 들었다.

이불 위에 유타를 살며시 내려놓았다.

나란히 누운 두 사람.

히로타카와 유타.

나는 판에 박은 듯한 두 사람의 잠든 얼굴을 가장 좋은 자리에서 지켜보면서 마지막 시간을 보냈다.

어쩌면 그건 내가 이 세상에서 보낸 시간 중 가장 행복했던 한때였는지도 모른다.

현세로 돌아오면 나는 두 사람에게 "미안해" 하며 사과할 생각이었다.

유타와 히로타카에게 크나큰 폐를 끼치고 말로는 다 표현할 수 없는 슬픔을 안겨주었으니까.

용서를 빌고 또 빌어도 모자란다고 생각했다.

하지만 마지막 순간에 떠오른 건 전혀 다른 말이었다.

"히로타카, 유타, 사랑해."

다른 말은 찾으려야 찾을 수 없었다.

6

아야코가 다시 눈을 뜨자 처음에 그랬듯이 안내인이 눈앞에
서 있었다.

"……마지막 재회의 24시간이 끝났습니다."

유백색 공간.

또다시 작별의 건너편을 찾아왔다.

이곳은 종착역.

다시는 현세로 돌아가지 못한다.

안내인이 확인이라도 하려는 양 아야코에게 질문을 던졌다.

"……더 이상 미련은 없습니까?"

안내인의 말에 아야코는 숨김없이 대답했다.

"……미련이 없다면 거짓말이겠죠."

솔직한 심정이었다. 아무리 저마다 다양한 인생을 살아간대도, 30년이라는 생은 짧아도 너무 짧았다.

더 오래 살고 싶었다.

유타랑 히로타카와 함께 시간을 보내고 싶었다.

여기저기 다니며 많은 추억을 쌓고 싶었다.

다음에는 맑은 날 셋이서 별을 보러 가고 싶었다.

아버지와 어머니, 친구 등 만나고 싶었지만 만나지 못한 사람들도 아직 많이 있다.

아야코의 가슴속에서 온갖 감정이 교차했다.

아야코는 지금 자신의 감정을 다시 한번 솔직하게 말했다.

"······그렇지만 마지막 순간에 무엇과도 바꿀 수 없는 시간을 보낼 수 있었어요."

아야코의 얼굴에 함박웃음이 차올랐다. 강한 척하지 않고 진심을 담은 웃음이었다.

"안내인님, 고맙습니다."

"새삼 그렇게 말씀하시니 몸 둘 바를 모르겠군요."

"아니에요, 마지막에 이렇게 멋진 시간을 보낼 수 있었던 건 당신 덕분이에요."

"별말씀을요. 저는 그렇게 대단한 일은 하지 않았습니다."

"이미 다 알고 있거든요. 내가 슬퍼할 줄 알면서도 이시바시 선생님 댁으로 안내했던 것 하며 이상한 타이밍에 사과했던 것까지 전부, 내가 마지막으로 유타와 만날 수 있도록 힌트를 주려고 그랬던 거잖아요."

이제 와 생각을 정리해 보니 그것 말고는 설명할 길이 없었다.

"……아야코 씨, 예리하시네요. 제가 졌습니다."

그렇게 말하면서 안내인은 겸연쩍은 듯이 고개를 살며시 숙였다.

"실은 저도 유타와 만날 수 있을지 좀처럼 확신을 갖기 어려웠습니다. 자칫하면 실패로 끝날지도 모르니까요. 그렇기에 더더욱 입이 안 떨어지더라고요. 그리고 무엇보다 마지막 선택은 아야코 씨가 스스로 내리길 바랐거든요. 그러는 편이 후회가 덜 할 거라고 생각했습니다."

"그럴 수도 있겠네요……"

아야코가 뭔가 생각난 게 있는 듯 가슴에 손을 갖다 댔다.

안내인은 말을 계속했다.

"작별의 건너편을 찾아온 사람은 누구를 만날지 스스로 선택하고, 소중한 사람을 만나러 갑니다. 비록 시간이 걸리더라도 그 모습을 지켜보는 것이 제가 해야 할 최대의 임무라고 생각합니다. 저는 소개하고 주선하는 사람이 아니라, 그저 이곳 작별의 건너편에 존재하는 안내인이니까요."

안내인의 말에 아야코는 고개가 끄덕여졌다.

그런 안내인의 임무 덕분에 아야코는 마지막 순간에 둘도 없는 값진 시간을 보낼 수 있었다.

"내게 당신은 최고의 안내인이었어요."

"그건, 안내인에게는 더없이 영광스러운 칭찬입니다."

안내인도 아야코의 말을 듣고 마음이 놓이는지 환하게 웃어 보였다.

아야코의 말에 거짓은 조금도 섞여 있지 않았다. 안내인을 향한 진심 어린 감사의 말을 전했을 따름이다. 처음 만났을 때 느꼈던 첫인상과는 백팔십도 달라졌다. 이제는 안내인의 웃는 얼굴을 보니 자신도 마음이 편안해지는 것 같았다.

그 뒤 안내인은 결단을 내리듯 "그럼……" 하며 입을 열었다. 이번에는 캔 커피도 등장하지 않았다.

"지금부터 아야코 씨는 최후의 문을 통과해 새로 태어나게 됩니다. 인연이 닿으면 또다시 지금의 가족과 만날 수 있을지도 모릅니다. 그렇더라도 제가 안내할 수 있는 건 여기까지입니다만."

진짜 마지막 순간이 찾아왔다.

안내인이 손가락을 딱 튕기자, 페인트로 매끈하게 칠한 듯한 흰색 문이 눈앞에 떠올랐다.

처음 보는 문인데도 그 문을 보고 있는 아야코의 마음에는 그리움의 물결이 너울댔다.

"마지막으로 맥스 커피 하나 더 마시고 가실래요?"

"단거라면 이제 됐어요."

안내인의 제안에 아야코가 웃음을 터뜨린 다음 문을 향해 다가갔다.

아야코는 한 걸음 한 걸음 발을 내디디며 새로 시작될 자기 인생을 머릿속에 그려보는 한편, 앞으로 펼쳐질 안내인의 인생에 관해서도 생각했다.

안내인도 원래는 사람이었다. 아야코와 똑같은 사람. 하지만 단순히 목가적인 사람이 아니라는 걸 이제는 안다. 이런저런 사연을 숨기고 있는 듯한데, 그 사정을 들을 시간이 남아 있지 않았다.

이곳은 끝맺음을 위한 공간.

그러면서 시작하는 공간이기도 하다.

그저 서로의 앞날에 가장 좋은 것이 허락되기를 바랄 뿐이다.

안내인도 같은 마음인지 아야코를 바라보며 모든 것을 포용할 듯한 따스한 목소리로 말했다.

"지금부터 다시 시작되는 아야코 씨의 인생이 이전보다 더 행복하기를."

안내인의 배웅을 받으며 아야코는 최후의 문 앞에 섰다.

"고마워요, 안내인님."

그리고 문에 손을 올렸다.

"당신이 있어서 마지막까지 외롭지 않았어요."

아야코가 최후의 문을 열자 부드럽고 환한 빛이 아야코의 몸을 천천히 에워싸기 시작했다.

제2화

방탕한 아들

1

"아주 웃기고 자빠졌네. 마지막으로 만나고 싶은 놈은 한 놈도 없어."

한차례 마지막 재회에 관한 설명을 들은 뒤, 야마와키 히로카즈는 빈정거리듯 중얼거렸다.

"거참, 그렇게 말씀하시면 난처하긴 합니다만, 이곳 '작별의 건너편'에는 그런 분들도 더러 찾아오십니다."

눈앞의 안내인은 뜻밖이라는 눈빛도 비치지 않고 초연한 모습으로 말을 받았다.

"흥, 그렇겠지. 이놈이고 저놈이고 싹 싸잡아 미련을 못 버리고 죽었을 거라 믿는 건 대단한 착각이거든. 나처럼 죽고 나니 속이 시원한 놈도 있었을 거야. 댁도 나 같은 사람을 한두 번 안내한 게 아니지 않나?"

"예에, 뭐, 천천히 생각하셔도 괜찮습니다. 시간은 차고 넘치니까요. 하나 드시겠습니까?"

안내인이 시비를 거는 야마와키의 말을 받아넘기며 노란색 캔 커피를 꺼냈다.

"그렇게 달아빠진 건 됐고 어디, 술은 없나, 술."

"술 때문에 죽었는데 죽어서까지 술을 찾는 걸 보니, 정말 술이라면 사족을 못 쓰는 분이군요."

야마와키의 사망 원인은 간경변증이었다. 술을 너무 많이 마셔서 생긴 병이다. 의사가 술을 끊으라고 했지만 끊기는커녕 아주 술병을 끼고 살았다.

독신, 55세. 제대로 된 일자리는 좀처럼 얻지 못했다. 서른이 넘어 고향 도야마를 떠나 도쿄로 갔을 무렵부터 이 일 저 일 닥치는 대로 하면서 근근이 먹고살았다.

그렇게 살다 보니 주량만 계속 늘어났다. 말 그대로 자업자득이다. 그렇지만 술 때문에 죽었거나 말거나 숨을 거둔 지금, 야마와키는 아무래도 상관없었다.

"그나저나, 다른 이름도 많은데 하필이면 '작별의 건너편'이 뭐야……."

야마구치 모모에의 히트곡 「작별의 건너편」이라면 야마와키도 잘 알고 있었다. 분명 1980년에 나왔으니 40년도 더 된 노래다. 야마와키가 열다섯 살이라는 청춘의 절정을 보내던 시기에 나온 노래여서 똑똑히 기억한다. 왜 그런지 지금도 그 당시에 유행했던 노래는 머리에 선명히 새겨져 있다. 새로운 노래가 수없이 나왔다 사라져도 젊었을 때 들었던 노래는 나이를 먹어도 절대로 잊히지 않았다. 옛 생각이 난달까. 그리움은 다른 감각과 달리 각별한 무언가가 있는 걸까. 돌이켜 보면 나도 소싯적에는……

그런 생각이 떠오르자 야마와키는 억지로 생각을 끊어냈다. 이제 와서 그런 생각을 해본들 무슨 소용이 있단 말인가. 다 끝났다. 죽은 사람에게 과거는 아무 의미 없다.

"이곳은 현세의 사람들과 작별하고 찾아온 건너편이니까 마침맞은 이름이라 생각되지 않으십니까? 저도 좋아하는 곡이기도 하고요."

야마와키로서는 예상치 못한 말이었다. 비록 안내인의 머리에 흰서리가 내려앉긴 했어도 자기보다 훨씬 젊어 보였기에 그 노래를 알 만한 세대가 아닐 거라 생각했기 때문이다. 그렇지만 흘러간 옛날 노래를 좋아하는 사람도 많기에 딱히 마음에 두지는 않았다.

"……어이, 내가 끝까지 마지막 재회라는 걸 안 하면 어떻게 되나?"

"제한 시간이 정해져 있지는 않으니까 여기 계속 계셔도 되지만, 언젠가는 꼭 최후의 문을 통과하셔야 합니다."

"최후의 문이라고?"

"다시 태어나기 위한 문입니다. 그다음 일은 저도 모르니까 더이상 설명은 못 드립니다. 다만 이왕이면 누군가를 만나라는 말씀을 드리고 싶습니다. 그리고 마지막으로 만날 사람은 스스로 결정하시기 바랍니다. 이번이 진짜 마지막 기회니까요."

안내인은 마지막이라는 말에 밑줄을 긋듯 힘을 실어 말했다.

"궁금해서 묻는 건데, 여기 있는 동안 마실 수 있는 건……."

"이것밖에 없습니다."

야마와키의 물음에 안내인이 입꼬리를 끌어올리며 노란색 캔을 내밀었다.

여기서는 야마와키도 당황하지 않을 수 없었다. 맥스 커피를 싫어하지는 않지만 즐길 거리가 그것밖에 없다니. 이 유백색 공간에 맥스 커피 말고는 아무것도 없다. 그리고 눈앞에는 안내인이 밤낮 서 있다. 그럴 바에야 상대가 누가 됐든 상관없으니 마지막 재회를 후딱 끝내는 편이 낫겠다 싶었다.

"……참고하게 딴 놈들은 누굴 만나러 갔는지 말해 봐. 내가 죽은 걸 아는 놈은 못 만난댔지?"

"맞습니다. 다른 분들에 관해선 비밀 유지 의무가 있어서 자세히 알려드릴 수는 없지만, 이를테면 첫사랑을 만나러 갔던 분도 있었습니다."

"첫사랑? 환장하겠네, 그건 탈락."

이런 꼬락서니를 첫사랑에게 보이고 싶지는 않았다. 게다가 새삼 다시 만난들 뭘 어쩌겠다고. 야마와키로서는 생각할 가치도 없었다.

"알겠습니다. 요즘은 첫사랑이 별로 인기가 없더라고요. 그럼 어쩌시겠습니까?"

안내인이 담백하게 물러나자 야마와키는 의외라는 듯이 안내인을 바라보았다.

이 안내인이 도대체 무슨 생각을 하는지 여전히 판단이 서지 않았다.

"……다른 예는 없나?"

"흠, 글쎄요. 만나러 갈 상대는 야마와키 씨가 직접 결정하셨으면 싶고, 또 저로서는 야마와키 씨가 충분히 생각해 보시겠다면 이대로도……."

이런 상황에서도 안내인은 전혀 서두르지도, 야마와키를 다그치지도 않았다. 그런 태연한 태도에 안달이 난 건 되레 야마와키 쪽이었다.

"아, 됐고, 좌우지간 뭐든 말해 봐!"

"아아, 그러고 보니 은인을 만나러 갔던 분도 있었습니다. 마지막 재회와 은혜를 갚는 일은 썩 잘 어울리는 것 같지 않습니까?"

"은혜를 갚는다……."

하지만 야마와키는 은혜를 갚을 대상이 곧바로 떠오르지 않았다.

은혜를 갚으려면 먼저 은혜를 입어야만 한다.

아니지, 꼭 은혜가 아니더라도 내가 과거에 빌렸던 걸 갚으면 되지 않을까…….

야마와키는 부지런히 머리를 굴렸다. 안내인과 둘만 있는 이 공간에서 빠져나가고 싶다는 일념 하나로.

"……맞다."

그때, 은인은 아니지만 빌린 걸 돌려줘야 할 상대가 떠올랐다.

야마와키에게는 현세에서 빌린 채 돌려주지 못한 물건이 있었다.

"……결정했어. 마지막으로 만날 사람."

"그것참 다행입니다. 생각보다 빨리 정하셨네요."

안내인은 비아냥대는 게 아니라 진심으로 그렇게 생각하는 것 같았다.

2

"어서 오세요."

평소대로 의욕이 하나도 느껴지지 않는 점원의 인사를 들으며 내가 정말로 현세로 돌아왔음을 실감했다. 희뿌연 형광등, 환기가 되지 않아 정체된 공기. 이래서야 죽은 후에 갔던 그 공간이 훨씬 더 쾌적하겠군.

"반납이시죠? 아, 이거, 사흘이나 늦어서 연체료가 꽤 나오겠는데요."

내가 마지막 재회 상대로 선택한 사람이 눈앞에 있다.

상대는 비디오 대여점 점원이다.

내가 녀석을 만나러 온 건 오로지 돌려주지 못한 DVD를 반납하고 싶어서였다. 은혜를 갚는다는 말에 이 DVD가 생각났다.

"얼마야?"

"사흘이니까, 960엔입니다."

"……어이없네."

일주일 대여료가 100엔인데 연체료는 하루에 320엔이나 하다니. 그렇지만 안 낼 수도 없고. 하기야 이젠 돈 같은 건 갖고 있어봤자 쓰지도 못한다. 지갑에서 1,000엔짜리 지폐 한 장을 꺼내 내밀자 점원이 시원스레 금전 등록기를 두드렸다.

"1,000엔 받았습니다."

늘 그랬듯 오늘도 점원의 머리를 힐끔힐끔 곁눈질하게 된다. 앞머리 끝만 노랗게 염색한 모히칸 스타일. 밴드 같은 거라도 하나. 여태 얼굴은 수없이 봤어도 제대로 말을 주고받은 적이 없어서 모른다.

오늘도 그랬다. 대화를 나눌 마음이 전혀 없었다. 앞으로 두 번 다시 만나는 일은 없을 테니까.

그런데 오늘부로 이 점원과는 평생 안녕이라고 생각하니 오히려 마음이 편해졌는지 나도 모르게 눈앞의 모히칸 점원에게 말을 걸고 있었다.

"……그 머리 모양 말이야, 혹시 밴드라도 하나?"

"예? 아아, 이거요? 어떻게 알았어요? 이 일은 아르바이트로 하는 거고, 록 밴드가 본업이거든요."

"……흐음, 그랬군."

"네! 여기 40엔 거슬러 드릴게요."

거스름돈을 받고 나니 대화가 끊어졌다.

다 그렇지 뭐. 무슨 변화가 일어나기를 기대하지는 않았다. 어쩌다 한 번씩 찾아오는 변덕 같은 거였다. 얼른 여기서 나가자. 그다음엔 대충 시간을 때우면 된다. 오랜만에 후나바시역 남쪽 출구의 단골 술집에 가서 한잔 걸치는 것도 괜찮고. 거기 오는 놈들 중에 내가 죽은 걸 아는 놈은 하나도 없을 거다. 나한테 딱 맞는 최후가 아닐 수 없군.

그런 생각에 빠져 출입문 쪽으로 걸어가는 나를 모히칸 점원이 불러 세웠다.

"오늘은 다른 거 안 빌려 가세요?"

"뭐어?"

"아니, 손님은 매번 한 편씩 빌려 갔다가 그걸 반납하면서 또 하나 빌려 가잖아요."

"아아, 그게……."

아닌 게 아니라 그렇게 해왔다. 시리즈 영화인지라 그렇게 하나씩 빌려 보는 것이 요즘 내 생활의 유일한 습관이었다. 그렇지만 설마 이 모히칸 점원이 그 사실을 기억하고 있을 줄은 생각도 못 했다.

"……잘도 기억하는군."

"요즘 이런 가게는 OTT 서비스 때문에 손님이 얼마 없거든요. 연체료나 받으면서 푼돈이라도 벌어야지 안 그러면 못 버텨요. 상황이 이러니까 손님처럼 매주 찾아오는 사람은 기억 못 할 수가 없거든요. 그리고……."

"그리고?"

그때 처음으로 모히칸 점원이 싱긋 웃어 보였다.

"나도 좋아하거든요, 이 괴수 영화."

"아아."

그렇게 말하는 점원의 손가락이 내가 계속 빌려 보던 DVD가 늘어서 있는 선반을 가리켰다. 쇼와 시대(1926~1989년)에 시작해 헤이세이 시대(1989~2019년)에도 시리즈를 이어가던 괴수 영화는 거리를 박살 내고 때로는 인간이나 다른 적과도 싸우는 내용으로, 일본인이라면 모르는 사람이 없을 정도로 인기가 많았다.

"손님도 좋아하시죠? 매주 한 편씩 빌려 가다가 지금은 헤이세이 시리즈 막판까지 왔잖아요. 난 여기서 적으로 나오는 우주 괴수가 진짜 마음에 들어요! 어릴 때 아버지 손잡고 영화관 갔을 때부터 완전히 마음을 빼앗겼죠. 진짜 록 그 자체라니까요!"

록 그 자체가 뭔지는 모르겠으나 모히칸 점원은 어린애처럼 천진하게 웃으며 말을 이어 갔다. 처음 보는 모습이었다. 하긴,

이렇게 얘기를 나누는 것도 처음이니까.

"다음이 헤이세이 시리즈 마지막 편인데 안 보세요?"

"어어, 그게……."

어쨌거나 이 자리에서 빌리는 건 가능하다.

하지만 돌려줄 수가 없다.

이렇게 현세로 돌아올 수 있는 건 오늘이 마지막이다. 자초지종을 알지 못하는 모히칸 점원으로서는 의아하긴 할 것이다.

"아하, 아저씨가 안 빌리려고 하는 이유를 알겠어요!"

……손님이 어느새 아저씨로 바뀌었다.

그렇지만 이런 상황에서 그런 건 아무래도 좋다. 모히칸 점원이 무슨 생각으로 그렇게 말했는지가 궁금했다. 설마 진짜 눈치 챈 건 아니겠지.

"죽으니까요."

"……허억."

얼떨결에 목소리가 튀어나왔다.

어떻게 알았지? 아니, 잠깐. 안내인은 내가 죽었다는 걸 아는 사람을 만나는 순간, 내 몸이 사라진다고 말했다.

그런데 왜 나는 사라지지 않았을까. 어째서.

아니, 그보다 이 모히칸 점원은 대체 누구란 말인가.

"형님, 좋아하는 괴수가 죽는 걸 보고 싶지 않은 거죠?!"

……아저씨가 어느새 형님으로 바뀌었다.

이 상황에 그런 게 무슨 상관이랴. 결국 이 점원은 엉뚱한 짐작을 한 것이었다. 영화관에서 개봉한 지 20년 좀 더 됐으려나. 그러니 나도 결말은 알고 있었다. 그건 그렇고 시리즈 전편의 내용을 모조리 파악하고 있다니 정말 대단한걸. 그걸 아는 나도 어쩌면 비슷한 부류인지도 모르겠지만.

그런데 그때 새로운 의문이 꿈틀거렸다.

"그럼 혹시……."

대화의 물꼬가 됐던 그 머리 모양.

이렇게 되고 보니 그게 분명해 보였다.

"……그 머리는 우주 괴수?"

내가 묻자 모히칸 점원이 더없이 뿌듯한 표정을 지었다.

"이걸 알아본 사람은 형님밖에 없습니다!"

모히칸 점원이 자기 머리의 노란색 부분을 쓱쓱 문질렀다.

그 동작이 좋아한다고 했던 우주 괴수와 똑같았다.

"……진짜 좋아하나 보군."

"그럼요, 우주라는 게 진짜 멋지잖아요! 난 다른 특수 촬영물(일본의 특수 촬영물은 슈퍼 히어로나 괴수가 등장하는 일부 장르의 영상물에 한정한다)도 좋아하고, SF 영화도 좋아하거든요!"

영화를 좋아하니까 비디오 대여점에서 일하는 거겠지. 평소와는 완전히 다른 눈빛으로 계속 떠들어 댔다.

그렇지만 이런 이야기를 듣는 게 괴롭기는커녕 오히려 기분이 고양되었다. 나도 교외에 위치한 비디오 대여점에 수시로 드나들 정도로 영화를 좋아했다.

이럴 줄 알았으면 진즉 이야기하고 지냈으면 좋았으리라 생각하는 나를 보니 허무함이 밀려들었다.

이러니저러니 해도 뭘 하기엔 늦었다. 시간은 돈을 낸다고 바로 살 수 있는 것이 아니다.

그 뒤로 리들리 스콧이니 스탠리 큐브릭, 기예르모 델 토로까지, SF 영화감독에 관해 한바탕 떠들고 나서 모히칸 점원이 선언하듯 외쳤다.

"나도 언젠가 TV에 나가서 우리 밴드 노래가 우주까지 들리게 할 거예요! 꼭 봐주세요. 이 머리 모양이 표시니까요!"

그 약속은 지킬 수 없겠지만 "어어"라는 한 마디만 하고 고개를 끄덕이며 웃었다.

어쩐지 오랜만에 웃어본 듯한 기분이 들었다.

3

"뜻밖의 재회를 하신 모양입니다."

돌아가는 길에 후나바시역 앞에 나타난 안내인이 운을 띄웠다.

"젠장. 서른도 안 된 어린놈이랑 괴수 이야기나 하면서 흥이 오를 줄은 누가 알았겠어?"

비디오 대여점을 나와 내 발걸음이 닿은 곳은 북쪽 출구의 버스 로터리였다. 이쪽은 남쪽 출구와 달리 인적이 뜸하다. 술집도 남쪽에 죄다 몰려 있어서 이쪽에는 거의 올 일이 없었다. 그러나 지금은 이런 적막함이 마음을 편안하게 해주었다.

"그건 한참 전에 나온 영화잖아요. 나방처럼 생긴 유충이 주인공으로 등장하는 이야기가 더 먼저였죠."

"댁도 잘 아는군. 그쪽이 먼저라는 걸 알면 모히칸 점원이 아주 놀라 자빠질 거야."

"제가 아는 건 그 정돕니다. 우주 괴수 이야기는 처음 들었거든요."

그건 의외였다. 초기에 나온 작품밖에 보지 않았다는 말이 된다. 야마구치 모모에도 그렇고 꽤나 복고 취향인 모양이다.

"그냥 궁금해서 그런데요, 야마와키 씨는 어쩌다 그 괴수 영화를 좋아하게 됐습니까?"

안내인이 태연하게 던진 질문에 입이 쉽게 떨어지지 않았다.

그 얘기를 하자면 내 어린 시절도 같이 이야기해야 하는 까닭이었다.

"저승길 노잣돈 주는 셈 치고 말씀해 주세요."

"아니, 저승길 노잣돈이라면 내가 받아야지."

내가 고쳐 말하자 안내인은 한번 웃고 나서 다시 말했다.

"그럼 저승길 가기 전에 고별 선물을 남겨주는 셈 치면 어떻습니까?"

만만치 않은 놈이다. 그래도 열이 뻗치지는 않았다. 버드나무처럼 나긋나긋한 안내인의 분위기에 나는 어느새 넘어가 있었다.

"……뭐, 안 될 것도 없지."

그렇게 마음먹은 것 역시 아까 비디오 대여점 점원에게 말을 걸었을 때와 마찬가지로 이 안내인과도 오늘이 지나면 다시 만날 일이 없을 거라 생각했기 때문이다.

살아 있을 때보다 죽고 난 지금이 훨씬 더 마음이 홀가분했다.

"내가 아직 초등학교 저학년 개구쟁이 시절이었는데……."

되돌아보고 싶지 않았던 추억을 끄집어내기 시작했다.

오래전의 기억.

"나는 도야마에서 태어나고 자랐는데, 눈이 많이 내리는 깡촌이었어. 내 아버지는 전통 공예품인 다카오카 칠기(도야마현 다카오카시에서 생산하는 조각, 나전 등의 기법을 사용한 세련된 칠기) 장인이셨지. 평소 좀처럼 입을 열지 않는 옛날 장인 기질의 사람이었는데, 손이며 손톱에는 허구한 날 옻나무 진이 묻어 있고, 옷에도 그 냄새가 배어 있을 정도였어. 어릴 적에는 아버지랑 외출이나 여행을 해본 적도 없고, 집에서 같이 놀아본 기억도 없어. 솔직히 말하면 난 아버지가 영 껄끄러웠어. ……그런 아버지가 말이지, 영화를 좋아했거든. 두세 달에 한 번씩 나를 트럭에 태우고 시내 영화관에 데려가곤 했어. 그때 처음으로 본 영화가 그 괴수 영화였고. 온갖 괴수가 등장해서 내용은 잘 생각 안 나는데, 엄청나게 신이 났던 것만은 지금도 기억나. 그 후로 괴수 시리즈가 새로 개봉할 때마다 영화관에 갔더랬지. 그 순간이 아버지와 둘이 보내는 유일한 시간이었어. 아버지가 영화 팸플릿이라도 사주면 닳아 없어질 정도로 시도 때도 없이 꺼내 봤다니까. 실은 방에 장식할 수 있는 괴수 인형도 갖고 싶었는데, 그건 차마 사달라고 입이 안 떨어지더라고…….”

“멋진 추억이네요. 인형보다 빛이 바래지 않는 그런 에피소드가 훨씬 더 소중한 추억이라고 생각합니다.”

이야기가 여기서 끝이라면 그럴 수도 있다.

하지만 추억은 그렇게 멋들어지게 끝나지 않았다.

“아버지와의 추억은 그게 다였어……. 집안일은 어머니가 전부 도맡아서 했지. 사춘기에 접어들면서 나는 사사건건 아버지와 부딪쳤어. 아버지는 ‘남에게 피해 주지 마라’라는 말을 입에 달고 살았는데, 그 소리만 들으면 나는 속이 부글부글 끓었어. 마치 나라는 존재가 주위 사람들에게 피해를 주고 있다고 말하는 것처럼 들렸거든. 그래도 서른이 될 때까지는 아버지와 같이 칠기 만드는 일을 했었어. 내가 당시로선 드문 외아들인지라 나 말고는 달리 가업을 이을 사람이 없었거든. 그러다 한계에 다다랐지. 사소한 실랑이를 벌이다가 집을 뛰쳐나왔어. 말리는 어머니도 뿌리치고 혼자 도쿄로 왔지. 그때부터 아무 일이나 하면서 지바에 눌러앉았어. 여자랑 같이 살 때도 있었지만 가정을 꾸리진 못했어. 물론 자식도 없고, 죽어라 술만 펐지. 결국 술독에 빠져 살다가 세상을 하직했고. 참 답이 없지. 그렇지만 뭐 어쩌겠어, 인생이 그런 거지…….”

과거를 다 털어놓고 나자 '남에게 피해 주지 마라'라던 아버지의 말이 또다시 뇌리에 맴돌았다. 나는 죽어서까지 피해를 주고 말았다. 장례식도 부모님이 치렀겠지. 마지막 순간까지 피해를 주고 말았지만, 뒤처리는 내가 할 수 있는 일이 아니니 어쩔 수 없다고 생각한다.

그런데 그때 안내인이 생각지도 못한 말 한 마디를 내뱉었다.

"요즘은 도쿄에서 도야마까지 신칸센으로 갈 수 있다면서요?"

"……호쿠리쿠 신칸센(2015년에 개통된 도쿄와 도야마 구간을 연결하는 신칸센) 말인가?"

나는 되물으면서 그렇게 말한 안내인의 의도를 생각했다. 말하자면 그건…….

"……헛소리 집어치워."

"아직 헛소리 시작도 안 했는데요? 결정은 야마와키 씨가 직접 하시는 거니까요. 느긋하게 생각하셔도 됩니다."

"……댁도 알잖아, 지금 아버지가 어떤 상태인지."

"비밀을 지켜야 해서 자세한 말씀은 못 드리지만, 담당하는 사람에 관한 정보는 다소 파악하고 있습니다. 안내하려면 어느 정도는 알고 있어야 하거든요."

그 말을 들으니 수긍이 갔다.

앞서 들었던 마지막 재회에 관한 규칙에 따르면, 내 죽음을 알고 있는 부모님과의 만남은 불가능하다.

하지만 아버지는 예외다.

아버지라면 만날 수 있을지도 모른다. 그런 사정이 있다.

나도 짐작하고 있었다. 하지만 그 생각이 떠오를 때마다 나는 가능성을 지워 버렸다. 아버지를 만나고 싶은 마음은 추호도 없었기 때문이다.

비디오 대여점의 모히칸 점원을 만난 것만으로 충분하다. 내 마지막 재회는 끝이 났다.

그러면서 한편으로는 이상한 운명 같은 것을 느낀 것도 사실이다.

모히칸 점원도 아버지와 같이 괴수 영화를 보러 갔던 추억을 늘어놓았다. 시대는 다르지만 나도 같은 추억을 간직하고 있다. 어쩌면 점원의 이야기를 듣는 동안 나는 이 선택지를 떠올리고 있었는지도 모르겠다.

"······아직 만날지 말지 고민 중이야."

"그거면 됩니다. 기차 안에서 천천히 생각해 보시죠. 시간만 있으면 완행열차를 타도 될 정도거든요."

안내인은 비꼬는 말이 아니라 진심으로 그렇게 생각한다는 듯이 말했다.

"······너무 천하태평이라 기가 막히는군."

"마음속 깊은 곳을 두드려 보시겠습니까?"

그러면서 안내인이 가슴을 쑥 내밀었다.

"당최 뭔 소리야."

내 말에 안내인은 무슨 까닭인지 약간 의기소침한 표정을 지어 보였다.

4

기어이 호쿠리쿠 신칸센에 올라탔다. 평생 탈 일이 없으리라 믿었건만. 사실 신칸센을 타는 것 자체가 오랜만이었다. 여행이라도 떠나는 기분이었다. 고향에 돌아간다는 느낌은 전혀 없었다. 차창 밖으로 흐르는 풍경에는 눈길도 주지 않고 내리 잠만 잤다. 도시락도 안 먹고 술도 안 마시고 있다 보니 두 시간도 채 안 걸려서 도야마에 도착했다. 이렇게 가까웠나 싶어 깜짝 놀랐다. 뭐, 거리가 가까운 게 아니라 이동 수단이 발달한 탓이려나. 나와 이 지역과의 거리는 해마다 멀어지고 있었을 테니까.

"눈 깜짝할 사이에 도착했습니다."

이렇게 말한 사람은 옆에 서 있는 안내인이다. 신칸센 안에서도 안내인은 내내 맥스 커피만 홀짝였다. 안내인이 혼잣말하듯 한마디 더 덧붙였다.

"캔 커피 하나 마시는 사이에 오는군요."

"그거야 댁이 하도 세월아 네월아 하며 마시니까 그런 거고."

"음미하면서 마시는 걸 좋아하거든요."

진담인지 농담인지 구분이 되지 않았다. 다만 이렇게 대화를 주고받다 보면 나도 모르게 느긋한 페이스에 말려드는 듯한 기분이 든다. 도야마역에 내렸지만 따로 할 일은 없었다. 곧바로 기존 철도 노선으로 갈아탔다. 본가 근처 역에 다다른 건 정오가 지났을 무렵이었다.

"어떠십니까, 오랜만에 고향에 온 소감은."

"……하나도 안 변했어."

20여 년 만에 마주하는 풍경이었다. 여름이면 특색 없는 전원 풍경이 펼쳐진다. 추수를 하기엔 아직 이른 계절이다. 그러다 겨울이 찾아오면 온통 하얀 눈으로 분칠을 한다. 눈이 많이 내리는 고장은 겨울이 길다. 그 풍경이 내 가슴을 답답하게 하던 시절도 있었다. 어쩌면 서른을 넘어설 즈음부터 불쑥 그런 느낌이 들기 시작했는지도 모르겠다.

"……전원 풍경이야 언제 보나 똑같지."

다시는 여기로 돌아오나 봐라. 그렇게 결심하고 이 땅을 떠났다. 그날 일은 지금도 선명하게 기억한다. 어머니는 역 앞까지 따라와서 나를 말렸지만, 아버지는 집 밖으로 한 걸음도 나오지 않았다. 그날도 여느 날처럼 칠기 만들기에 여념이 없었다. 내 눈에 마지막으로 잡힌 장면은 등을 구부리고 작업에 몰두하던 아버지의 뒷모습이었다.

도쿄로 떠난 건 틀린 선택이 아니었다.

나는 지금도 그렇게 생각한다.

"후⋯⋯."

발이 본가로 향했다. 그저 묵묵히 걷기만 했다. 걷는 것 말고는 달리 할 일이 없었기 때문인지도 모르겠다. 그렇게 20분 넘게 걷다가 안내인이 손가락으로 앞쪽을 가리키며 입을 열었다.

"저기가 야마와키 씨 댁이군요."

내 시선도 그 집으로 옮겨 갔다. 본가였다. 오랜만에 예스러움을 고대로 간직한 집이 눈에 들어오자 무언가가 가슴속에서 확 치밀어 오르는 것만 같았다. 그런데 나는 여기까지 와놓고도 망설여졌다. 조금 전까지 잘도 움직이던 두 다리는 납덩이처럼 무거워져 꿈쩍도 하지 않았다. 계속 머뭇거렸다. 누가 미리 준비한 것도 아닌데 여기까지 물 흐르듯 일사천리로 진행된 건 나도 모르지 않았다. 내가 죽었다는 사실을 아는 사람은 만날 수 없다는 규칙에도 불구하고 아버지는 만날 수 있다. 그 이유는 아버지의 병과 관련이 있다.

아버지는 치매였다.

유일하게 연락을 주고받았던 어머니에게 들어서 병에 관해서라면 어느 정도 알고 있었다. 지금 내가 만나러 가도 아버지는 나를 잊어버렸을 가능성이 크다. 만나더라도 내가 누구인지 기억해 내지 못할 가능성이 클 뿐만 아니라 내가 죽었다는 사실을 아는지 모르는지도 불분명하다. 어처구니없게도 어느 쪽이 됐든 정해진 규칙을 지키면서 마지막 재회를 하기에 이보다 더 좋은 상대는 없다.

아버지가 이런 상태라는 걸 안내인은 분명 알고 있었을 것이다. 그러니 도쿄에서 도야마까지 신칸센으로 갈 수 있다는 얘기를 우연을 가장하며 난데없이 꺼낸 게 아니었을까.

"……염병, 별 실없는 놈 다 보겠네."

"예? 저 말입니까?"

옆에 있던 안내인이 일부러 눈을 휘둥그레 뜨며 능청을 떨었다.

"야마와키 씨는 스트레스가 많은 분이시군요. 혹시 당이 부족한 거 아닐까요? 역시 한 캔 하시겠습니까?"

안내인은 술이라도 줄 듯한 말투로 가슴 주머니에서 맥스 커피 두 캔을 꺼냈다.

"됐어. 그러니까 실없는 놈이란 소리 듣는 거라고."

"단거라면 뭐니 뭐니 해도 '쓰키세카이'가 좋으십니까?"

"잡소리 좀 그만하라잖아!"

환장하겠다. 부러 도야마의 명물 과자까지 들먹거리다니. 진지하게 상대하다 보면 어느새 안내인의 페이스에 걸려들고 만다. 여긴 내 고향, 그러니까 내 홈그라운드란 말이다.

……아니다, 내게는 홈그라운드가 없다. 도쿄와 지바에서도 오래 살았지만 끝내 뿌리를 내리지 못해 홈그라운드라는 느낌은 받지 못했다.

뭐, 그런 건 상관없다. 또다시 적지로 쳐들어간다. 그렇게 생각하는 편이 마음은 편하다. 괜한 허세를 부릴 필요도 없다.

"……쳐들어간다."

"적의 홈그라운드에 침입하는 것 같네요."

"……거참 말 많네."

사정을 아는 정도를 넘어 내 속마음까지 읽어냈나 싶었지만, 설마 그럴 리는 없겠지. 자, 이제부터가 관건이다…….

일단 집이나 살펴보자. 아직 아버지를 만나 얘기를 해야겠다고 결심한 건 아니었다. 좌우지간 어머니와는 절대로 얼굴을 마주치면 안 된다. 여기까지 온 마당에 허탕은 치고 싶지 않아서 발소리를 죽이며 안마당으로 걸어갔다.

그쪽에는 거실과 연결된 널찍한 툇마루가 있다. 아버지는 툇마루에서 작업 도구를 꺼내 옻칠을 하고는 했다.

기본적으로 칠기 만드는 일은 분업 작업이다. 먼저 갈이장이가 나무를 깎아 원형을 만든다. 그다음에 칠장이가 옻 특유의 광택을 살리기 위해 바탕칠을 한다. 그러고 나서 옻칠에 들어간다. 때로는 그 위에 금분 등을 뿌려 무늬를 넣기도 한다.

아버지는 바탕칠과 옻칠을 맡고, 나는 나무 깎는 작업을 맡았다. 그건 아버지가 정한 방침이었다. 아버지도 나무 깎는 일을 충분히 터득하고 나서 칠을 시작했다고 한다. 그런 식으로 작업 전체를 파악하고 있어야 장인으로서 기술을 연마할 수 있다는 까닭에서였다.

그래서 우리 집에서는 내가 나무로 만든 틀에 아버지가 바탕칠과 옻칠을 했다. 덧붙여 말하자면, 작업 장소도 명확히 구분되어 있었다. 칠기 제작이 분업 작업이라는 것도 연관이 있지만, 나무를 깎으면서 쓸려 나오는 톱밥이 칠 작업에 방해가 되기 때문이었다.

내가 나무를 깎던 별채가 제1작업실, 그리고 이 툇마루는 아버지가 일하던 제2작업실이다. 내 기억 속의 아버지는 허구한 날 거기에 있었다.

역시나 아버지는 오늘도 그 자리에 있었다.

"……아버지."

무의식적으로 입술이 달싹거렸다.

고향 풍경처럼 별반 달라지지 않았을 줄 알았다. 하지만 내 생각이 빗나갔다. 아버지가 폭삭 늙은 노인네가 되었다. 나도 쉰다섯이나 먹었으니 당연하겠지만, 20년 넘도록 한 번도 만나지 않았던 아버지는 깜짝 놀랄 만큼 달라져 있었다. 얼굴은 이쑤시개를 꽂아도 될 만큼 주름이 깊게 파였다. 손가락이며 손톱에까지 옻칠을 묻히고 있는 것만은 예전 그대로였다.

　한 손에는 나무 주발, 다른 한 손에는 붓. 그 손길은 불안해 보였고 작업이 제대로 되고 있는 것 같지도 않았다. 그냥 들고 있을 뿐이다. 도구라도 들었는지 장식이 달린 나무 상자가 아버지 옆자리를 차지하고 있었다.

　치매가 진행되고 있는 이 순간에도 자신의 생활 아니, 삶 자체였던 일만은 몸에 각인되어 있는지도 모르겠다. 장인이란 이런 것인가. 나는 그 광경 앞에서 아연할 수밖에 없었다.

　아버지는 전통 공예품인 칠기만 만드는 게 아니라 지역 축제의 행사용 물품 제작을 의뢰받을 정도로 솜씨가 뛰어났다. 그게 얼마나 대단한 일인지는 어머니에게서 귀에 못이 박히도록 들었다. 아버지의 유일한 삶의 이유였던 일이…….

　"……젠장, 관둬."

　"예?"

　나는 아버지에게 등을 돌리고 걸음을 내디뎠다.

"아무 의미 없어. 헛짓이라고······."

내가 되는 대로 지껄이자 안내인이 이해가 가지 않는다는 듯이 물었다.

"그렇습니까?"

"아버지 상태가 저런데 이제 와 만난들 뭘 어쩌겠어. 너무 늦게 왔어······."

"저는 어쩔 수 없다고도, 너무 늦었다고도 생각하지 않습니다."

"댁은 천하태평이니까 그럴지 몰라도 난 달라."

본가 부지 밖으로 나가려는 찰나, 안내인이 걸음을 멈췄다.

"······야마와키 씨, 정말 이대로 괜찮으시겠습니까? 분명 후회할 겁니다."

"개소리하지 마, 새삼 후회할 일이 한두 가지 더 늘어난들 뭔 대수라고. 이미 죽었는데 뭐."

"그건 아니죠. 저세상에 가지고 갈 후회는 하나라도 더 적은 편이 좋습니다."

"그런 소리 해봤자, 이제 와서 뭘 더 어쩌라고. 과거를 돌아보면 개떡 같기만 하고, 그렇다고 다시 되돌릴 수 있는 것도 아니잖아. 혹시 그런 건가? 댁은 마지막으로 누군가를 만나도록 안내하는 일 말고 후회를 없애기 위해 과거를 바꿔줄 신기한 능력이라도 갖고 있는 거야?"

농담으로 던진 말에 안내인으로부터 예상하지 못한 대답이
돌아왔다.

"예, 물론입니다."

"뭐라고?"

안내인에게 숨겨진 특수 능력이라도 있는 걸까. 금시초문인데.

"별 미친놈 다 보겠네, 헛소리도 정도껏 해야지. 댁이 과거를
바꿀 수 있을 리가 없잖아!"

내가 위협하듯 세게 나가도 안내인의 눈빛은 흔들리지 않았다.

"……정말 중요한 건 지금 야마와키 씨가 어떻게 하느냐, 하는
겁니다."

안내인이 말을 계속 이어 나갔다.

"지난날을 과거의 실수 그대로 내버려 둘지, 아니면 반성하고
성장의 밑거름으로 삼을지는 현재의 당신에게 달렸습니다. 그러
니 현재를 바꾸면 과거도 자신이 좋았다고 여길 수 있는 것으로
바뀝니다."

그리고 나서 안내인은 내 시선을 정면으로 받으며 말했다.

"저처럼 후회를 남기지 않길 바랍니다."

처음으로 안내인이 진지한 표정을 지었다.

안내인의 눈동자에 애수가 감도는 것처럼 보였다.

"……댁도 후회하는 일이 있나."

"후회하지 않는 사람은 없습니다. 단 한 사람도."

내게도 선택권이 있었다. 그중에서 나는 도쿄로 가는 길을 선택했다.

나는 이제 과거의 선택이 사람을 후회하게 만든다는 사실을 안다.

아버지는 줄곧 이 자리에 있었다.

어쩌면 이 지역을 벗어나본 적이 없을지도 모른다.

아버지에게 칠기 만드는 일은 살아가는 이유였다. 루틴이나 습관이라는 말로는 부족하다.

삶 자체였다.

치매에 걸린 지금까지 손에서 주발과 붓을 놓지 않는 모습이 그 증거였다.

나는 그런 외골수 아버지를 끝까지 받아들이지 못했다.

아버지의 등을 바라보면서 내가 이 일에 맞지 않는다는 사실을 점점 더 깨달을 뿐이었다.

아버지처럼은 되고 싶지도 않고, 될 수도 없었다.

그래서 나는 도쿄로 떠났다.

지금도 그때의 선택이 틀리지 않았다고 생각한다.

……다만, 후회가 된다. 분명 다른 길도 있었다.

이제 와서 과거를 바꾸는 건 불가능하겠지만 지금부터라도 이 후회만큼은 다른 형태로 만들 수 있지 않을까. 안내인의 말이 왜 지금 와서 내 가슴 깊은 곳을 찌르는 걸까.

"……무슨 일이 벌어지든 난 몰라."

"예에, 저도 그냥 안내인이라서 앞으로 어떻게 될지는 모릅니다."

"젠장……, 이번이 진짜 마지막이야. 집으로 가자고."

"홈그라운드로 돌아가는 사람 같네요."

"망할, 그 입 좀 닥쳐!"

걸어온 길을 다시 돌아갔다. 안내인의 말이 머릿속에서 메아리치며 재생되었다.

지금부터 무슨 짓을 해도 과거를 바꾸지 못하리란 건 알고 있다. 그냥 이 안내인이 귀찮게 굴어서 원하는 대로 따를 뿐이었다.

솔직히 말하면, 내가 안내인을 따라 여기까지 온 건 가슴에 고인 응어리를 토해내고 싶어서였다. 후회를 없애야겠다는 마음은 애초부터 없었다. 이왕 이렇게 된 거 응어리라도 쏟아내 보자. 이게 마지막이다. 대판 하고 나서 꼴사납게 고향을 떠나주마.

"제길……."

안마당으로 되돌아오니 아까와 똑같은 자리에서 똑같은 자세를 한 아버지가 있었다.

주위에 다른 사람의 기척은 없었다. 이번에는 나와 아버지 둘만의 자리를 만들어 주려고 안내인도 멀찍이 떨어져서 지켜보고 있었다.

"……아버지."

불과 몇 미터 떨어지지 않은 곳에 서서 말을 걸었다. 하지만 반응이 없다.

아버지는 내 쪽에는 눈길도 주지 않고 계속 손을 움직이려 하고 있다.

"아버지!"

초조했다. 그래서 나도 모르게 언성을 높이고 말았다.

한순간 아버지가 이쪽을 보며 반응을 보였다.

겨우 눈만 조금 크게 떴을 뿐이었다. 눈앞에 있는 상대가 누구인지도, 지금 무슨 일이 일어나고 있는지도 이해하지 못한 눈치였다. 그대로 나를 멀뚱멀뚱 쳐다보기만 했다.

"뭐야……."

역시나 뭔가 하기에는 늦었다.

늦어도 너무 늦었다.

실은 마지막으로 있는 대로 울분을 토해내고 싶었다.

아버지 멋대로 나를 후계자로 삼은 것을 도저히 받아들일 수 없었다.

내게는 어울리지도 않고, 하고 싶지도 않았다.

옻 냄새도 싫었다.

손에 옻이 묻고 피부가 꺼칠꺼칠해지는 것도 싫었다.

남에게 피해 주지 말라는 말을 듣는 건 아주 끔찍했다.

그리고 솔직히 어릴 적 영화관에 갔을 때도 팸플릿 말고 방에 장식할 인형이 갖고 싶었다.

그 인형을 갖고 있던 친구가 너무 부러워서 죽을 것 같았다.

집에 친구를 데려오고 싶어도 옻칠이 묻은 아버지의 손을 보게 될까 봐 창피해서 데려올 수 없었다.

아버지를 향한 원망과 서운함은 끝도 없다.

하지만 지금 이런 아버지를 앞에 두고는 아무 말도 할 수 없었다.

무슨 말을 해야겠다는 의욕조차 생기지 않았다.

"여보? 무슨 일 있어요?"

그때 거실에서 익숙한 도야마 억양이 들려왔다.

어머니였다.

"미치겠군……."

여기서 더 할 일도 없지만, 나는 반사적으로 안 보이는 곳에 몸을 숨겼다.

"말소리가 들린 것 같은데, 내가 잘못 들었나."

툇마루로 나온 어머니 모습을 오랜만에 보았다. 늙었다. 전화로 이야기한 적은 있어도 실제로 얼굴을 보는 건 아버지만큼 오래되었다.

"거실로 들어오지 그래요? 이제 옻칠은 안 해도 된다니까 그러네."

어머니가 이제 옻칠은 안 해도 된다며 아버지를 불렀다. 옻칠은 늙고 치매까지 걸린 아버지가 할 수 있는 일이 아니었다.

그런데 그때, 어머니가 하는 말을 듣고 나는 머리를 한 대 얻어맞은 것 같았다.

"……이제 히로카즈는 돌아오지 않으니까, 그 애를 위해서 옻칠을 계속할 필요는 없어요."

나는 무슨 말인지 이해가 되지 않았다.

그 애를 위해서?

나를 위해서?

옻칠을 계속할 필요는 없다?

뭐라는 거야. 대체 무슨 뜻이냐고. 이제 나 같은 건 아무래도 상관없잖아…….

그러고 나서 어머니는 지난날을 회상하듯 뒷말을 이었다.

내가 꿈에도 생각지 못한 내용이었다.

"……당신은 아직도 주위 사람들한테 히로카즈가 도쿄에서 나무를 깎아서 보내준 틀에다 칠을 하고 있다고 둘러대죠?"

그리움에 잠긴 듯한 어머니의 목소리가 계속 흘러나왔다.

"지금도 서로 떨어진 장소에서 분업하는 척하면서, 그 애가 언제 다시 돌아오더라도 있을 자리를 만들어 주려고……. 누가 아들밖에 모르는 바보 아니랄까 봐……."

나는 내 귀를 의심했다.

"……설마."

저절로 목소리가 새어 나왔다.

믿기지 않았다.

집을 나온 뒤로 아버지와는 한 마디도 하지 않았다.

아버지 쪽에서 연을 끊었다고 생각했다.

혹시라도 다시 만날 날이 오면, 아버지에게 된통 욕을 들어먹을 거라 생각했다.

그랬는데 아버지가 나를 위해 내가 있을 자리를 계속 남겨두고 있었다니…….

여전히 믿기지 않았다.

믿을 수가 없었다.

어떻게 이런 일이 있단 말인가.

그렇지만 이제 와 어머니가 그런 거짓말을 지어낼 이유는 없었다.

"아버지……."

어머니는 이미 툇마루에서 사라지고 없었다.

나는 다시 한번 아버지와 마주했다.

그러지 않고는 견딜 수 없었다.

"……아버지, 거짓말이죠?"

나는 방금 들었던 말을 도무지 믿을 수 없었다.

아버지는 말이 없었다.

"……거짓말이잖아요. 나 같은 걸 위해서, ……아버지는 그냥, 사는 낙이 일밖에 없는 사람이잖아요."

아버지는 묵묵부답이었다.

"그러니 이렇게 된 마당에도, 내가 누군지는 기억 못 해도 옻칠은 기억하고……."

아버지는 목소리를 들려주지 않았다.

"……뭐라 말 좀 해봐요, 아버지!"

나도 모르게 목소리가 거칠어졌다.

그러자 아버지의 시선이 내 얼굴 위로 내려앉았다.

아까처럼 내 얼굴을 멀거니 바라보았다.

"남에게……."

내 얼굴을 보더니 이제야 생각났다는 듯이 입술을 움직이기 시작했다.

"피해, 주지, 마라……."

아버지가 나만 보면 노상 하던 잔소리. 남에게 피해 주지 마라.

이런 상황에서도 몸에 새겨져 있던 말은 흘러나오는구나.

나는 지금 그 말을 들어도 전혀 화가 나지 않았다.

내가 뭘 어떻게 해야 하는지 갈피를 잡을 수도 없었다.

그때 아버지의 손이 움직임을 보였다.

옆에 놓여 있는 나무 상자를 향해 손을 뻗었다.

"⋯⋯아버지?"

대체 뭘 하려고 저러는 걸까. 작업을 계속하겠다는 걸까.

역시 나는 아버지를 도무지 이해할 수 없다.

옛날부터 쭉 그랬다.

아버지와 둘이 같이 시간을 보낸 건 시내 영화관에 갔던 날들
뿐이기에⋯⋯.

그런데 아버지가 나무 상자에서 꺼낸 물건을 본 순간, 나는 얼
떨떨하고 혼란스러웠다.

"그거⋯⋯."

인형이었다.

손가락이 네 개 달린 손, 독특한 등지느러미, 그리고 거대한
공룡처럼 생긴 꼬리.

괴수 인형이었다.

"아아⋯⋯."

아버지가 쭈글쭈글한 손에 들린 인형을 내 앞으로 내밀었다.

예전 영화관 매점 선반에 진열되어 있던 그 인형이 아니었다.

받아 쥔 순간 온기가 느껴졌다.

그리고 어렴풋한 옻 냄새까지.

직접 나무를 깎아 모형을 만들고 옻으로 검게 칠한 괴수 인형.

목공을 완벽하게 습득하고 나서 칠장이가 된 아버지만이 만들 수 있는 작품이었다.

이런 괴수 인형은 한 번도 본 적이 없었다.

"아버지, 이거……."

아버지는 뭐라 말이 없었다.

그러나 표정만은 아까보다 조금 더 평온해진 듯했다.

어렸을 적에 사달라고 차마 말하지 못했던 괴수 인형.

내가 오랫동안 갖고 싶어 했던 그것.

아버지가 그때 일을 내내 마음에 담아 뒀다가 이렇게 나를 위해 인형을 만들어준 것이구나.

"어떻게……."

나만 모르고 있었다.

좀 전에 어머니가 한 말은 사실이었다.

전부 사실이었는데 나밖에 모르는 나만 혼자 오해하고 있었다.

이날까지 나만 혼자 아버지를 원망하고 있었다.

이럴 수가.

제정신이 아니었다.

세상에 이런 불효막심한 자식이 어디 있단 말인가.

"아버지……, 아버지……."

와르르 터져 나올 것 같은 눈물을 꾹 참았다.

나는 뭘 좀 알 때부터 아버지 앞에서는 한 번도 울지 않았다.

그랬기에 이번에도 필사적으로 눈물을 참았다.

남자는 남들 앞에서 울면 안 된다고 가르쳐준 사람도 다름 아닌 눈앞의 아버지였다.

"남에게…… 피해 주지 마라……."

아버지가 또다시 같은 말을 중얼거렸다.

그 목소리는 아까보다 더 또렷하게 들렸다.

어쩌면 아버지도 지금이 마지막 순간임을 알고 있는지도 모르겠다.

마지막 가르침을 전하기 위해 온 마음을 담아 말한 게 아닐까.

그리고 아버지는 그때 처음으로 그다음 말을 이어 나갔다.

"……대신, 가족한테는 피해 줘도 괜찮다."

그 말을 들은 순간 간신히 참고 있던 눈물이 둑이 터진 양 줄줄 흘러내렸다.

"아버지……"

수십 년 치 눈물이 한꺼번에 뚝뚝 떨어졌다.

나는 그다음 말이 있다는 건 꿈에도 몰랐다.

나는 그 말의 진정한 의미를 모르고 살았다.

나는 이날 이때까지 아버지의 진심을 알지 못했다.

"아버지, 죄송해요, 정말 죄송해요……. 나는 지금까지 전혀 몰랐어요……."

처음으로 아버지를 앞에 두고 사죄의 말을 입에 올렸다.

내내 털어놓지 못했던 후회.

내내 하지 못했던 말.

지금껏 얼마나 많은 걱정을 끼쳤을까. 수없이 폐도 끼쳤을 테고. 그런데도 아버지는 나를 용서해 주었다.

이제야 비로소 아버지가 하던 말의 진정한 의미를 알게 되었다.

아버지의 진심을 이제 와 뒤늦게 깨닫게 되었다.

"죄송해요, 아버지……. 나 같이 모자란 놈을 계속 기다려 주고, 이런 인형까지 만들어 줘서……."

허세 부리지 않고 솔직했더라면 좋았을걸.

좀 더 일찍 집에 돌아왔더라면 좋았을걸.

고향을 떠나지 않았더라면 좋았을걸.

내가 은혜를 갚아야 할 은인은 여기 있었다.

죽고 나서야 깨닫다니 나는 정말 어리석은 놈이다.

구제 불능이다.

아버지는 내게 이토록 마음을 써주고 있었는데.

"어리석고, 못나고……, 돼먹지 못한 아들이라서 죄송합니다……."

나는 나잇값도 못 하고 엉엉 소리 내 울었다.

평생 쌓여 있던 눈물을 죽고 나서야 흘려보내는 듯한 느낌마저 들었다.

지금까지 통 알 수 없었던 아버지의 마음을 이리도 늦게 이해하게 되다니.

절대로 씻을 수 없는 회한으로 남겠지.

씻을 수 있을 리가 없다.

그렇지만 나는 이대로 괜찮다.

앞으로도 나는 이 일을 잊지 않고 기억해야 한다.

지난날의 실수와 후회를 온전히 받아들여야 한다.

어쩌면 그것이야말로 어리석고 못난 아들이 할 수 있는 마지막 효도일지도 모르니까.

아버지는 그런 나를 꾸짖기는커녕 자상한 눈빛으로 가만히 지켜보고만 있었다.

그러더니 마지막으로 개구쟁이 시절의 나를 달랠 때처럼 손톱 밑에 옻칠이 묻은 손을 내 머리 위에 살며시 올려놓았다.

5

야마와키가 다시금 눈을 뜨자 그곳은 온통 유백색으로 둘러싸인 작별의 건너편이었다.

"……오래 기다렸겠군."

눈앞에 안내인이 있었다.

"아닙니다. 기다리는 건 싫지 않으니까요."

안내인이 처음 만났을 때처럼 부드러운 미소를 건넸다.

"마지막 재회의 시간은 느긋하게 음미하셨습니까?"

"아, 응……."

야마와키의 가슴속에서 다양한 감정이 뒤섞였다.

지금은 처음 이곳에 왔을 때와는 전혀 다른 감정이 들끓고 있다.

아마도 마지막 재회를 통해 처음으로 느껴본 감정일 것이다.

비디오 대여점 점원과의 만남이 하나의 계기가 되어 주었다.

그리고 그 뒤에 안내인이 야마와키에게 질문 하나를 던졌었다.

'그냥 궁금해서 그런데요, 야마와키 씨는 어쩌다 그 괴수 영화를 좋아하게 됐습니까?'

어쩌면 그 질문은 처음부터 야마와키와 아버지를 이어주기 위해 계획된 것이었는지도 모른다. 거기서 그런 걸 물어볼 필요는 없었으니까.

그렇다면 역시 이 안내인은 여간내기가 아니다. 빙 돌아서 야마와키를 도야마까지 가게 만들었다. 그만큼 야마와키가 스스로 깨닫는 것이 중요했으리라.

안내인 덕분에 야마와키는 마지막 순간에 아주 특별한 선물을 받았다.

"저승길 노잣돈치고는 지나치게 멋진 걸 받았네."

야마와키가 손안의 옻으로 칠한 인형을 쳐다보았다.

이 세상에 단 하나뿐인 괴수 인형.

귀한 보물을 다루듯 그 인형을 살포시 감싸 안았다.

야마와키로서는 값을 매길 수 없는 최고의 선물이었다.

"저도 더없이 기쁩니다."

안내인이 한번 더 미소를 보냈다. 그리고 손가락을 딱 튕겼다.

그러자 눈앞으로 새하얀 문이 떠올랐다.

"지금부터 야마와키 씨는 최후의 문을 통과해 새로 태어나게 됩니다. 인연이 닿으면 또다시 지금의 가족과 만날 수 있을지도 모릅니다. 그렇더라도, 제가 안내할 수 있는 건 여기까지입니다."

"……아아, 여러모로 고마웠네. 폐도 끼쳤고."

야마와키는 문 앞에 가서 섰다.

이게 바로 최후의 문이다.

안내인이 마지막으로 야마와키에게 한 가지 더 물었다.

"다음에 다시 태어나면, 야마와키 씨는 어떤 사람이 되고 싶습니까?"

"다음이라, 글쎄……."

안내인의 물음에 야마와키는 잠시 생각에 잠겼다가 대답했다.

"……솔직한 사람이 되고 싶군."

가족들 앞에서 오기를 부렸다. 모처럼 비디오 대여점 점원을 만났을 때도, 그리고 안내인을 처음 만났을 때도 계속 센 척했다.

복잡한 심경으로 지난날을 회상했다.

좀 더 솔직했더라면 다르게 살았을 수도 있다.

옛날 친구나 알고 지내던 사람들에게 피해를 주며 살았다.

그리고 아버지 어머니에게는 누구보다 더 큰 피해를 끼쳤다.

마지막에 이르러서야 그런 사실을 깨달았다.

씻을 수 없는 후회.

돌이킬 수 없는 과거.

솔직하지 못해서 후회하는 일은 있어도 솔직해서 후회하는 일은 그리 많지 않을 것 같았다.

그런 자책감에 사로잡혀 있는 야마와키를 보며 안내인이 한마디 했다.

"그렇게 솔직하게 대답한 야마와키 씨는 이미 충분히 솔직한 사람이 되신 겁니다."

그 말을 듣자 야마와키의 얼굴이 밝게 펴졌다.

하지만 야마와키는 이내 얼굴을 원래대로 돌리며 고개를 작게 저었다.

"그럴 리가 있나……."

야마와키는 최후의 문에 손을 올리며 마지막 말을 내뱉었다.

"난 그저 한심하고 방탕한 아들이야."

마지막으로 본 야마와키의 얼굴에는 지금까지 본 것 중 가장 부드러운 표정이 떠올라 있었다.

제3화

제멋대로인 당신

1

"내가 만나고 싶은 사람은 당연히 사야카야!"

작별의 건너편을 찾아온 이세야 고타로가 안내인의 물음에
힘차게 대답했다.

"조금 더 느긋하게 생각해도 되는데, 정말 괜찮겠습니까? 한숨
돌릴 겸 캔 커피 아니, 우유라도 마실래요?"

"우유라니, 내가 어린애로 보여?"

고타로는 열아홉 살. 그리고 고타로가 만나고 싶어 하는 사야
카는 스물한 살이다.

"사야카 씨는 지금 고타로 씨와 같이 사시는 분이죠? 사야카 씨
는 대학교 4학년이던데, 아마도 지금이 가장 좋은 때일 겁니다."

"아니, 꼭 그렇지도 않을걸? 고민이 많아 보였어. 난 대학을

안 가서 잘 모르지만."

"뭐, 어떻습니까. 대학은 저도 안 갔는걸요."

안내인이 그렇게 대답하면서 엷은 미소를 지었다. 고타로는 안내인의 부드러운 표정을 보기만 해도 어쩐지 이 사람은 믿어도 될 것 같은 기분이 들었다.

"고타로 씨는 사야카 씨와 둘이 지내는 생활이 즐거웠습니까?"

"물론이지. 매일, 에브리데이."

"그것참, 행운이고 해피했겠습니다."

뭔가 얼빠진 대화가 이어졌다. 고타로는 점점 더 이 안내인과 쿵짝이 잘 맞는 것 같다고 생각했다. 안내인을 좋게 본 건 자신과 닮았기 때문일지도 모른다. 거기다 이런 대화를 주거니 받거니 하는 것도 재미있었다.

"근데, 죽은 후에는 다 여기 오는 거야?"

고타로가 궁금해서 불쑥 질문했다.

"누구나 다 여기 오는 건 아닐 겁니다. 해당 구역이 정해져 있고, 저는 기본적으로 이곳 지바 지역 일부만 담당하고 있어서 잘은 모릅니다."

"어쩌다 이 지역을 맡았어? 도쿄 같은 데는 관심 없었어?"

"제가 좋아서 이 지역을 골랐습니다."

"오, 독특하네."

일부러 지바를 선택하다니 무슨 인연이라도 있는 걸까. 어쨌든 맥스 커피를 좋아하는 모양이야. 그런 생각을 하면서 고타로가 연달아 질문을 던지려는 찰나, 이번에는 안내인에게서 고타로에게로 질문이 날아왔다.

"고타로 씨에게 사야카 씨는 어떤 사람입니까?"

"……소중한 사람. 그러니까 혼자 두면 안 되는 거였는데."

고타로와 사야카가 동거를 시작한 건 최근의 일이었다. 하루하루 행복을 맛보며 살았는데 갑자기 그 끝이 찾아왔다.

원인은 사소한 다툼이었다. 분을 못 이기고 집을 나갔던 고타로는 반성하고 이튿날 집에 돌아가던 길에 그만 교통사고로 죽고 말았다.

한마디로 말해 운이 나빴다. 하지만 불행 중 다행이랄까, 고타로가 죽은 건 그저께여서 아직 시간이 얼마 지나지 않았다.

그렇기에 고타로는 사야카가 아직 자신의 죽음을 모를 거라고 마음대로 생각했다.

안내인을 통해 설명은 이미 들었다.

자신이 죽었다는 사실을 모르는 사람만 만날 수 있다.

그 규칙에는 어긋나지 않는다.

게다가 설령 규칙에 어긋날지라도 고타로는 사야카 이외의 다른 사람은 선택하지 않겠다고 다짐했다. 그만큼 고타로에게 사야카는 특별한 존재였다.

"일이 너무 빨리 진행되니까 안내인이 할 일이 없군요."

"편하고 좋잖아. 난 기본적으로 아무 일도 안 하고 싶거든. 취미도 잠자는 거고."

"저랑 잘 맞네요. 저도 자는 걸 아주 좋아합니다."

역시 둘은 닮았다. 말이 잘 통하는 것도 우연이 아니었다.

"조금 전에도 설명했다시피 현세에 남은 시간은 24시간입니다. 아마 낮잠 잘 시간도 충분할 겁니다."

"낮잠은 됐어. 마지막 시간을 그렇게 쓰는 건 너무 아깝잖아."

고타로는 서로 닮은 줄 알았더니 밑바탕은 다른 모양이라고 생각을 고쳐먹었다. 기본적으로 고타로는 고생 안 하고 속 편하게 살고 싶은 성격이지만, 이 안내인은 그저 느긋하게 살고 싶어 하는 것 같았다. 둘 다 자기 하고 싶은 대로 사는 것 같으면서도 묘하게 달랐다.

"무의미해서 좋지 않습니까? 하긴, 이 세상에 무의미한 건 하나도 없죠. 언뜻 보기에는 가만히 있는 것 같아도 변화는 끊임없이 일어나고 있습니다. '제행무상의 울림이 있으니'라는 말도 있잖아요."

"그게 뭐야, 속담이야?"

"아니요, 속담은 아니고 《헤이케모노가타리平家物語》(헤이케 가

문의 번영과 몰락이 그려진 군담소설. 전반적으로 불교적인 무상관이 드러나 있다)에 나오는 구절입니다."

"《헤이케모노가타리》? 흐음, 나도 내게 딱 맞는 속담을 하나 알고 있었는데, 뭐였더라."

"생각날 성싶습니까?"

"생각나면 알려줄게."

"그러면 느긋이 기다리겠습니다. 기다리는 건 싫지 않으니까요."

정말이지 천하태평에 자기 주관이 뚜렷한 사람이다.

고타로는 다시금 이 안내인과 자신은 찰떡궁합이라고 생각했다.

"그럼, 준비는 다 됐습니까?"

"오, 물론 오케이야."

안내인이 손가락을 딱 튕겼다.

그러자 나무로 만들어진 문이 유백색 공간에 떠올랐다.

"그럼 잘 다녀오세요."

안내인이 호위라도 하듯 문을 열어 주었다.

"오호, 센스 있군."

고타로가 문 한복판으로 걸어갔다.

그러자 그 순간 새하얀 빛이 고타로의 몸을 감쌌다.

2

여긴 어디지…….

흐릿하던 시야가 점차 밝아지면서 여기가 어딘지 금방 알 수 있었다. 우리 집에서 가까운 에도강 둔치였다. 도쿄와 지바를 나누는 경계선으로, 이쪽은 아슬아슬하게 지바에 속하는 이치카와시. 여기는 몇 번 와본 적이 있다. 사야카와 다투고 집을 나왔을 때도 맨 먼저 여기로 왔었다. 사야카도 잘 아는 장소다.

그건 그렇고…….

끝도 없이 푸른 하늘을 올려다보고 있으려니 한심하다는 생각이 나를 덮쳤다. 저 멀리 보이는 하늘에는 소나기구름이 짙게 깔려 있어서 오히려 그쪽 날씨가 지금의 내 기분과 더 어울리겠다 싶었다.

나는 죽었다.

왜인지 몰라도 좀 전까지는 아드레날린이 솟아났다. 죽은 지 얼마 안 돼 안내인을 만나는 바람에 죽음을 그다지 깊이 의식하지 못했을 수도 있다.

그런데 하늘을 보고 있자니 이제야 내가 죽었다는 사실을 똑똑히 실감할 수 있었다.

정말 어처구니없는 결말이었다. 싸우고, 차에 치이고, 그렇게 죽었다.

분명 사야카는 내가 죽었다는 걸 아직 모를 것이다. 이삼일 어디 쏘다니고 있다고 생각하겠지. 걱정할 텐데. 그 걱정은 가장 나쁜 형태로 돌아왔다. 내가 죽었다는 걸 알면 사야카는 어떤 얼굴을 할까…….

처음에는 한 정거장 떨어진 곳에 있는 사야카네 학교로 갈 생각이었다.

여기서 걸어서도 충분히 갈 수 있는 거리였다.

그런데 막상 현세로 돌아오고 나니 왠지 주저하는 마음이 커졌다.

정말 이대로 사야카를 만나러 가도 될까.

앞으로 쭉 같이 있을 수 있다면 당연히 그렇게 하겠지만, 나는 24시간이라는 제한된 시간 동안만 이 세상에 머물 수 있다.

내가 사야카를 만났다가 다시 사라지면, 사야카는 아마도 울 것이다.

아니, 아마도라는 불확실한 말은 필요 없다.

틀림없이 운다.

내기를 걸어도 좋다.

사야카는 울보다.

예전이나 지금이나 변함없이.

돌이켜 보니 내 기억 속의 사야카는 툭하면 울었다.

솔직히 내가 보기에는 아무래도 좋을 사소한 일이었지만 섬세한 성격의 사야카에게는 큰 문제인 모양이었고, 그럴 때마다 나는 제대로 된 위로의 말도 건네지 못하고 그냥 고개만 끄덕끄덕하면서 이야기를 들어줘야 했다.

사야카는 중학생 때 소프트 테니스부에 들어갔는데 "동아리에 적응을 못 하겠어", "나보다 다른 애들이 훨씬 잘해" 하면서 울었다.

'그러면 차라리 동아리를 그만두는 게 어때?'라는 말이 목구멍까지 차올랐지만 꿀꺽 삼키고 가만히 고개를 끄덕이며 푸념을 들어 주었다.

고등학생이 된 사야카는 질리지도 않는지 이번에는 테니스부에 들어갔다. 어찌어찌해서 3년 동안 동아리 활동을 계속했는데,

마지막에 도쿄에서 열리는 간토 대회 출전 자격이 걸린 시합에서 지자 또 눈물 바람이었다.

도쿄는 소부선이나 게이세이선 전철을 타고 언제든 갈 수 있으니 그게 뭐 대수냐 싶었지만, 그때도 생각만 했을 뿐 말로 하지는 않고 고개를 끄덕이며 우는 소리를 들어 주었다.

사야카가 대학교 3학년이 됐을 때, 우리 둘만의 생활이 시작되었다. 우리의 보금자리는 이치카와역에서 가까운 연립 주택이었다. 이곳 에도강에서도 걸어갈 수 있는 거리로, 여름이면 불꽃 축제를 바로 코앞에서 볼 수 있다는 것이 그 집을 선택한 결정적인 이유였다. 사야카는 라라포트(일본 전역에 지점을 갖고 있는 쇼핑몰)에서 아르바이트와 동아리 활동도 하고 좋아하는 밴드의 라이브 공연도 보러 다니면서 대학 생활을 즐겼다. 그런데 막바지에 이르러 대학 시절의 최대 고민이 들이닥쳤다. 취업 준비였다. 그때는 "면접에서 떨어지면 내 인격을 부정당한 것 같은 기분이 들어", "최종 면접에서 세 번이나 떨어졌어", "다른 애들은 다들 아르바이트하는 데서 리더를 맡거나 동아리 대표를 하고 있대", "면접용 복장과 머리 모양도 마음에 안 들어"라며 그야말로 각양각색의 넋두리를 늘어놓으면서 징징거렸다.

그럼 내가 사야카를 평생 먹여 살릴게, 하는 소리가 목구멍까지 올라왔지만 그렇게 큰소리를 떵떵 칠 만한 처지가 아니어서 또다시 고개만 까딱이며 묵묵히 이야기를 들어줄 수밖에 없었다.

그런 만큼 사야카가 취업에 성공했을 때는 너무 기뻐서 어깨춤이라도 추고 싶었다. 사야카도 흥분해서 환호성을 내질렀다. 그때도 울긴 울었다. 기쁨의 눈물이었다. 기쁨의 눈물을 흘리는 울보라면 대환영이다.

그렇지만 행복한 한때는 맥없이 끝이 나고 말았다.

우리는 합격을 축하하는 뜻에서 집에서 맛있는 음식을 먹었다. 그런데 다음 날 저녁 밥상머리에서 전날 먹었던 음식을 떠올리며 오늘 메뉴는 별로 안 당긴다는 태도를 보였다가 싸움이 났고, 분을 이기지 못해 집을 뛰쳐나온 후에 그대로 교통사고를 당해서…….

나, 뭐 하는 거지.

사야카에게서 마지막으로 들은 말이 뭐였더라. 좀처럼 떠오르지 않았다. "고타로 바보!" 같은 말이었던 것 같다. 너무나도 어이없게 끝이 났다.

하지만 어쩌면 이대로 바보 같은 놈으로 기억되는 편이 나을지도 모르겠다.

그러면 사야카는 내가 맘대로 사라져 어디에선가 제멋대로 살고 있다고 생각하게 될 테니까.

남은 시간이 24시간뿐이니까 나를 위해서도 사야카를 위해서도 그편이 낫지 않을까…….

사야카를 슬프게 만들고 싶지 않다.

지금은 그 마음이 가장 컸다.

아무튼 학교에 가려던 생각은 접자. 작전을 다시 세우는 게 좋겠다. 다행히 시간은 아직 많이 남았으니까.

그러면 어디로 갈까. 마음을 다잡고 주위를 한 바퀴 둘러보자 때마침 하교 시간인지 친구들과 재잘대며 강변 둑을 걸어가는 초등학생 무리가 여럿 보였다.

책가방을 메고 떠들어 대는 아이들을 보니 떠오르는 게 있었다.

맞다, 계속 마음에 걸리는 게 하나 있었지.

요 일주일 정도 이어지던 일이었다. 집에서 창밖을 내다보다가 수업을 마치고 집에 돌아가다 말고 수상한 행동을 하는 소년을 발견했다. 그 소년이 왜 그런 행동을 하는지 내내 신경 쓰였다. 하지만 나는 소년이 그러는 이유를 끝내 알아내지 못했다.

이참에 그것부터 먼저 밝혀내 볼까. 사야카에 관해서는 나중에 곰곰이 생각해 보면 되고. 그때까지는 분명 모든 일을 잘 해결할 좋은 아이디어가 떠오를 것 같다는 예감이 들었다.

내가 생각해도 참 낙관적이다. 24시간이라는 여유가 있어서인지도 모르겠다. 그 안내인이 낮잠 잘 시간도 충분히 있다고 했고…….

"설마 사야카 씨 만나러 가는 걸 포기한 건 아니겠죠?"

안내인이었다.

마침 내가 다음 장소로 이동하기 위해 강변 둔치를 걷기 시작했을 때 안내인이 나타났다.

"흠, 고타로 씨는 역시 변덕스러운 데가 있군요."

아닌 게 아니라 변덕스럽다는 말은 자주 듣는다. 하지만 좀 전에 "내가 만나고 싶은 사람은 당연히 사야카야!"라고 호기롭게 외쳐놓고 이 타이밍에 다시 만나니 민망해서 안내인을 볼 낯이 없었다. 어쩐지 진 것 같은 기분이었다. 나는 아무 대꾸도 없이 등을 돌리고 걸음을 총총 옮겼다.

"방향 전환이든 기분 전환이든 다 좋습니다. 시간은 충분하니까요. 이대로 아이아이로드 상점가에 가는 건 어떻습니까? 맛있는 멜론빵 가게가 있나 보던데."

내 마음을 꿰뚫어 본 건지, 아니면 내 기분이 어떻든 개의치 않는 건지 안내인은 자기 하고 싶은 말만 늘어놓았다. 그러면서 자꾸만 멜론빵을 권했다. 맥스 커피도 좋아하는 것 같더니 역시나 단거라면 사족을 못 쓰는 모양이다.

"제가 추천하는 멜론빵 가게에 갈 마음이 생기면 말씀만 하세요. 언제든지 안내하겠습니다."

가게 점원처럼 멜론빵 선전을 한바탕하고 나서 안내인은 다시 자취를 감췄다.

　도대체 뭘 하러 왔던 걸까. 이런 상황에서 나한테 멜론빵을 권하는 것 자체가 말이 안 되는 것 같은데…….

　혹시 안내인은 너무너무 한가한 걸까.

3

남들 눈에 띄지 않는 길을 따라 다다른 곳은 집 근처 공원이
었다. 좀 전에 갔던 강변 둔치보다 훨씬 더 가까워서 우리 집 창
문으로도 보인다.

그 소년이 수상한 행동을 하던 위치는 이 공원 안의 한 나무
앞이었다.

요즘 소년은 하굣길에 매일같이 공원 끄트머리의 그 나무 앞
에서 꼼짝하지 않고 서 있었다. 매번 몇십 분 정도 나무 앞에 우
두커니 서 있었다. 뭔가를 하는 것도 아니었다. 그냥 가만히 서
있을 뿐이었다. 그런 소년의 모습이 매일 창문을 통해 눈에 들어
와서 나는 궁금해 죽을 것 같았다.

도대체 거기에 뭐가 있는 걸까. 그게 아니라면 소년은 거기서

무슨 일이 일어나기를 기다리는 걸까. 오늘 이 수수께끼를 풀 수 있다면, 이 세상에 남은 미련이 하나라도 줄어들 것 같았다. 비록 사소하고 하잘것없는 미련일지라도…….

혹시 누가 오기를 기다렸던 걸까.

목표물인 나무 근처에는 지금 나밖에 없다. 오늘 소년은 아직 오지 않은 모양이다. 주위에 하교하는 초등학생들이 있었지만, 그 소년의 모습은 보이지 않았다.

어쩌지. 여기서 계속 기다려야 할까. 공교롭게 오늘 소년이 오지 않는다면 시간만 허비한 셈이 된다.

하지만 나는 지금 달리 할 일도 없고 뭘 해야 할지도 모르겠다.

그렇다고 시간을 죽이기에는 남은 시간이 너무 귀해서 이러지도 저러지도 못하고 있었다.

한동안 망연자실해서 멍하니 하늘만 쳐다보았다.

그러자 굵은 나무줄기가 눈에 들어왔다.

그때 나는 알아차렸다.

번데기다.

예전에도 한번 나비 번데기를 본 적이 있다.

지금 생각해 보니 그 소년도 이렇게 선 채로 시선은 위쪽을 향하고 있었다.

그렇구나. 그 소년은 여기서 번데기가 부화하기를 기다리고 있었구나.

전부 이해가 갔다. 초등학교 남자애들은 번데기를 발견하기만 해도 좋아서 어쩔 줄 모른다. 더구나 부화의 순간은 좀처럼 보기 힘든 장면이 아닌가. 그래서 소년은 매일 집에 가는 길에 그 순간을 노렸던 것이다.

나는 오랫동안 마음에 걸렸던 의문이 풀리는 게 이토록 기분 좋은 일이었다는 걸 태어나 처음 알았다.

왠지 마음이 개운했다.

그런 기분을 마음껏 느끼고 있을 때였다.

찌익.

아니, 실제로 그런 소리가 나지는 않았다. 그냥 느낌이 그랬다.

내 눈이 번데기에 금이 간 것을 포착했다.

부화하는 순간이다!

잠깐, 아직 안 돼. 아직 소년이 오지 않았어. 그 소년은 이 순간을 손꼽아 기다려 왔다. 그러니 서둘러 소년을 이곳으로 데리고 와야 한다.

나는 그 자리를 박차고 나가 찻길로 뛰어들었다.

어디야, 어디 있어…….

금세 소년을 찾았다. 다행히 소년이 근처에 와 있었다.

좋았어, 이제 소년을 나무가 있는 곳으로 데리고 가기만 하면 되는데……. 하지만 갑자기 다가가면 자칫 수상쩍게 여겨질 수도 있고, 요즘 세상에는 내가 위험에 처할 수도 있다. 그리고 솔직히 말해, 아이들은 나를 좋아했지만 나는 아이들이 불편했다.

그렇다면 일단 주의만 끌면서…….

나는 쓱 하고 소년 앞에 모습을 드러냈다.

"앗."

그러자 마침 소년의 시선이 내 쪽으로 향했다.

아, 지금이다!

이번에는 번데기가 있는 나무를 향해 달렸다.

초등학생은 술래잡기를 좋아하니까 내가 달아나면 쫓아올 게 분명하다.

예상했던 대로 소년이 내 뒤를 따라왔다.

얼마 안 가 그 나무 옆에 도착했다.

여기까지 오고 나면 더는 내가 나설 차례가 없다.

"앗!"

좀 전보다 세 배쯤 큰 목소리를 내며 소년이 번데기를 가리켰다.

"얘들아! 곧 나비가 나올 것 같아! 저기 좀 봐!"

목청껏 소리를 질러 친구들을 불렀다. 그 소리를 들은 주위의 초등학생들이 와아 하면서 모여들었다. 그 무렵에는 여자애들도 곤충을 싫어하지 않는다. 오히려 나비는 환영받는다. 사야카도 제일 좋아하는 곤충이 나비라고 했던 것 같다.

"우와!"

"나비가 태어난다!"

그렇다. 나비가 번데기에서 나오는 순간을 표현하기에는 그 말이 딱 맞았다.

번데기 안에서 새 생명이 '태어난다'는 느낌이다.

"아."

그 소년은 물론 그 자리에 있던 모든 초등학생들의 입에서 동시에 탄성이 터져 나왔다.

그때가 바로 번데기 안에서 성충이 된 나비가 태어나 이 세상에 모습을 드러내는 순간이었다.

"굉장하다……."

"진짜 처음 봤어!"

"저걸 어떻게 찾았어?"

아이들에게 둘러싸여 칭찬을 받았으니 우쭐댈 줄 알았는데 소년은 홀로 나무 기둥을 올려다보며 흡족한 표정을 짓고 있었다.

그때 나는 어떤 표정을 하고 있었을까.

왠지 그 소년처럼 만족스러운 표정을 지었을 거라는 느낌이 들었다.

뭔가 좋은 일을 한 기분이었다.

그러나 좋은 일은 그리 오래가지 않았다.

별안간 하늘에서 빗방울이 후드득후드득 떨어지기 시작했다.

약속 시간은 시시각각 다가오고, 비는 부슬부슬 내렸다.

나는 비도 피할 겸 결국 사야카와 같이 살던 집으로 돌아갔다. 열쇠가 없어 안에 들어가지는 못했다. 아니, 애초에 들어갈 마음이 없었다. 사야카는 만나지 않는 편이 낫다. 그게 아니면 구석에 몰래 숨어 있다가 사야카를 딱 한 번만 더 보고 가는 게 나을지도 모르겠다.

지금 이 날씨는 마치 내 마음 같았다. 가슴속에 슬픔이 가득 차올랐다.

원래부터 비는 싫지 않았다. 집 안에서 창밖으로 비가 내리는 모습을 바라보는 건 오히려 좋아하는 편이다.

그렇지만 조금 전까지 한없이 맑았던 하늘이 어두운 잿빛 구름으로 덮여 버리자 내 기분도 덩달아 가라앉았다.

지금 사야카의 마음속에는 어떤 하늘이 펼쳐져 있을까.

내 눈에 보이는 하늘처럼 무겁고 칙칙하려나.

나도 모르게 또 사야카 생각에 빠져 있었다.

사야카는 그냥 울보가 아니었다.

돌이켜 생각해 보니 사야카는 보통 사람이 의식하지 못한 채

지나가는 것까지 민감하게 알아차렸고, 그런 만큼 불필요한 상처를 끌어안게 되는 아이였다.

"천산갑이라는 동물이 있는데."

어느 날 방에서 뒹굴고 있던 나를 보며 사야카가 문득 말을 꺼냈다.

천산갑은 중국과 말레이시아를 비롯한 아시아와 아프리카 일부 지역에 서식하는 멸종 위기 동물로, 겉모습은 아르마딜로나 개미핥기와 비슷하게 생겼지만 몸 전체가 예쁜 비늘로 덮여 있다는 것이 특징이다. 또한 천산갑은 지구상에서 밀매가 가장 활발하게 이뤄지는 야생동물이기도 했다.

천산갑 비늘이 몸에 좋다고 믿는 사람들 때문에 중국에서는 한약재로 쓰이고, 또 어떤 나라에서는 약, 액막이, 장식품으로도 가치가 있다고 여겨지면서 시도 때도 없이 포획과 밀수가 이뤄지는 통에 멸종 위기 동물로 지정되었다. 비늘이 다 벗겨지고 피부가 그대로 드러난 채 죽은 천산갑이 산처럼 쌓여 있는 사진을 본 적도 있다.

사야카가 천산갑의 존재를 내게 가르쳐 주었다.

나는 전혀 모르던 세상이었다. 지구상에서 가장 많이 밀거래되다 비늘이 모조리 벗겨져 비참하게 죽는 동물이 있다니.

사야카가 천산갑의 존재를 알게 된 것 역시 최근의 일이었다.

몰랐더라면 슬퍼할 일도 없다.

알아버렸기 때문에 사야카의 마음 어딘가에 천산갑이 있었다.

모르고 살아도 될 것까지 알아버렸기 때문에 천산갑을 생각하며 먹먹한 기분을 느껴야 했다.

하지만 사야카에게 그게 꼭 나쁜 쪽으로만 작용하지는 않았다.

물론 좋은 점도 있었다.

사야카는 누구보다 감도 좋은 안테나를 갖고 있어서 나와 다른 사람들은 보지 못하는 것까지 볼 수 있는 거라고 생각한다.

그렇게 생각한 이유는 사야카의 취미인 사진 때문이다. 대학생이 되고 나서 사야카는 카메라를 한 대 마련했다.

처음에는 연습 삼아 나도 종종 찍어주다가 차츰 밖으로 나가 대체로 이렇다 할 특징이 없는 풍경을 파인더에 담아 왔다.

말하자면 사야카는 사람들의 눈길을 끄는 멋진 풍경이나 인물 대신 일상 속의 흔한 풍경을 포착해 사진으로 남겼다.

나는 사야카가 찍은 그런 사진들이 정말 좋았다.

들에 피어 있는 소박한 물빛 꽃송이.

하늘을 나는 새까만 까마귀 두 마리.

가로등 아래에서 멋진 보금자리를 치는 거미.

길가에 굴러다니는 선명한 색깔의 콜라 캔.

예쁜 하늘과 바다, 귀여운 과자나 옷이 아니라 보통 사람은 보고도 못 본 체할 만한 것들을 파인더에 담았다가 그 사진을 출력해서 벽에 붙였다.

그래서 사야카는 나나 다른 사람들이 보지 못하는 것을 보고 있다는 확신이 들었다.

사야카의 눈에는 내가 보지 못하는 세상의 아름다운 것들이 많이 들어 있다.

내가 그냥 지나치는 것도 사야카의 눈에는 아름답게 보이는 것이다.

나는 사야카의 그런 면이 좋기도 하고 부럽기도 했다.

사야카는 이 잿빛 하늘을 어떤 모습으로 담아낼까.

분명 사야카라면 파란 하늘보다 더 예쁜 잿빛 하늘을 도려낼 수 있을 것이다.

보고 싶다.

사야카를 생각하니 가슴이 벅차올랐다.

미칠 듯이 사야카가 보고 싶었다.

나는 사야카와의 재회를 단념했었다. 더는 사야카를 슬프게 하고 싶지 않다는 마음에 이대로 사라지려고 했다.

하지만 지금은 사야카를 만나고 싶다.

나는 깨달았다.

내 진심이 무엇인지를.

만나러 가자.

어느새 나는 달리고 있었다.

빗속을 정신없이 달렸다. 몸이 젖건 말건 아랑곳없었다.

지금은 오로지 사야카를 만나고 싶다는 마음뿐이었다.

서서히 땅거미가 지기 시작했다. 생각보다 시간을 많이 잡아먹었다. 얼마나 오래 멍하니 하늘을 쳐다보고 있었던 걸까. 평상시에도 시간이 참 빨리 흐른다 싶었지만 오늘은 여느 때보다 훨씬 더 빠르게 느껴졌다.

평소 같았으면 수업을 마치고 집에 돌아왔을 시간이다. 그런데 사야카는 아직 오지 않고 있다. 사야카는 어디에 있는 걸까. 하필 오늘 같은 날 늦게 돌아오기라도 하면 참혹한 결말을 맞이하게 된다. 그러니 내 쪽에서 만나러 가야 했다.

어딜까, 어디에 있을까…….

짚이는 데가 없었다. 사야카는 지금 어디서 뭘 하고 있을까. 오늘은 무슨 볼일이라도 있는 걸까. 아니면 좋아하는 밴드의 라이브 공연일이 오늘인 걸까.

사야카는 보기와 다르게 열렬한 록 밴드 팬이었다. 나는 사야카가 가진 그런 의외의 면도 좋았다. ……지금 그런 건 아무래도 상관없다. 행여 라이브 하우스에 간 게 맞다면, 지금의 나는 거기가 어딘지 몰라서 찾아갈 수도 없다. 위기다.

어쩌지, 어쩌면 좋지.

맞다, 이럴 때야말로 안내인에게 도움을 받으면 되잖아.

안내인이니까 사야카가 있는 곳으로 안내해줄 거야. 좋아, 그럼 일단 안내인을……

거기까지 생각이 미친 순간, 뭔가가 머리를 스쳤다.

그러고 보니 그 안내인이 멜론빵 가게가 어쩌고저쩌고 떠들었는데.

어쩌면 그건 사야카가 거기 온다고 알려 주려던 게 아니었을까. 혹은 그냥 단걸 좋아하는 것뿐일 수도 있다. 안내인은 내내 맥스 커피만 홀짝거렸었다. 하지만 지금은 그 가능성에 기댈 수밖에 없다. 그것 말고는 다른 선택의 여지가 없다. 그 상황에서 안내인이 멜론빵 가게를 권할 이유는 그것밖에 없지 않은가.

더는 고민하고 있을 겨를이 없다. 길섶을 따라 쏜살같이 달렸다. 상점가는 바로 코앞이었다. 만나러 가자. 그리고 사야카를 안아주자. 그런 다음 나도 꼭 안아 달라고 졸라야지.

이치카와역 북쪽 출구에 위치한 아이아이로드 상점가에 도착했다. 가게 간판에도 불이 들어와 있었다. 우산을 거머쥔 사람들의 물결을 뚫고 멜론빵 가게로 다가갔다.

제발, 제발 부탁이니까 거기 있어줘……

마침내 목표물인 멜론빵 가게 앞에 이르렀다.

그러나 사야카는 그곳에 없었다.

내 바람은 닿지 않았다.

뭐야, 그 안내인은.

진짜 그냥 단거라면 껌뻑 죽는 사람이었나…….

헷갈리게 하지 말라고.

아니지, 내가 마음대로 착각한 건가.

모처럼 주어진 마지막 재회였건만 이런 순간까지 바보짓을
하고 말았다.

뭐 이래, 끝까지 잘 안 풀리고…….

그런데 그때, 누가 내 이름을 불렀다.

"고~타로~?"

귀에 익은 목소리였다.

나는 시력이 별로 좋지 않지만 귀는 밝았다.

20미터 떨어진 곳에서 나는 쥐의 발소리도 들을 수 있다.

그러니 잘못 들었을 리가 없다.

"……고~타로~, 맞지?"

사야카였다.

사야카가 거기 있었다.

"고~타로~……."

순식간에 사야카의 눈에서 눈물이 줄줄 흘러내렸다.

역시 사야카는 울보다.

하지만 이 눈물은 기쁨의 눈물일 것이다.

그러니까, 괜찮다.

"이렇게 쫄딱 젖어 가지고, 대체 어딜 갔었던 거야! 내가 얼마나 걱정했다고!"

사야카가 나를 꼭 끌어안고 말했다.

"고~타로~가 제일 좋아하는 통조림 사놓고 기다렸어!"

4

"냐옹."

"가만히 좀 있어 봐."

사야카가 흠뻑 젖은 내 몸을 수건으로 닦아 주었다. 폭신폭신한 수건은 기분 좋았지만 사야카의 손길은 다소 거칠었다.

"어휴, 정말, 어디 갔었어? 얼마나 걱정했는데……."

아마도 이런 불평이 섞여 있는 모양이었다.

그렇지만 사야카는 내 몸을 한번 더 감싸 안은 다음, 비닐봉지에서 통조림을 꺼내 접시에 담아 주었다.

으음, 바로 이 맛이야. 이렇게 맛있는 통조림을 먹은 다음 날 원래대로 딱딱한 사료가 나오자 얼결에 모래를 확 뿌려 버렸다. 그렇게 떼를 쓰면 다시 맛있는 통조림을 꺼내줄 거라고 생각했다.

"쫄쫄 굶었지?"

사야카가 내 머리를 쓰다듬었다. 맛있는 음식을 먹는 동안 사랑하는 사람이 내 몸을 만지작거린다.

최고로 행복한 시간이다. 조금 전까지 비를 맞으며 뛰어다녔다는 사실이 거짓말처럼 느껴졌다.

"천천히 먹어, 너도 이제 할아버지니까."

사야카가 그렇게 말하니 천천히 먹어야겠다고 생각했다. 실제로 천천히 먹었는지는 모르겠지만.

"자, 이리 와."

사야카는 내가 밥을 다 먹을 때까지 기다렸다가 침대에 앉아 자기 무릎을 탁탁 두드렸다.

여느 때와 같은 신호다.

그러면 나는 항상 그랬듯이 특등석인 사야카의 무릎 위로 올라갔다.

"정말 다행이야. 다시 돌아와서……."

사야카가 내 등에 손을 올리고 속삭였다.

사야카와 둘이 살기 시작한 건 반년 전부터였다. 고등학교를 졸업한 사야카는 방을 얻어 혼자 나가서 살았다. 그사이 나는 본가에서 지냈지만, 사야카가 3학년이 되어 학교 수업에도 조금 여유가 생기자 혼자 살던 자취방에 나를 데려오기로 마음먹은 것이다.

본가에서는 매일같이 사야카와 한 침대에서 잠을 잤다. 아니, 실제로는 추운 날만 그랬던 것 같다. 더울 때는 나만 아는 서늘한 장소에서 지낸 적도 많았다. 하지만 겨울에는 푹신푹신한 사야카의 이불 속으로 파고드는 게 제일 좋았다. 잠자는 게 취미라고 말했다시피 실은 계속 사야카와 같이 잠들고 싶었다.

"고타로보다는 고~타로~라는 느낌이야."

가족 중에서 맨 먼저 그렇게 말한 사람은 사야카였다.

참고로 내 이름을 지어준 사람은 사야카의 할머니다. "이 아이는 우리 이세야 집안에 행복을 가져다줄 새 가족이다. 그러니까 이름은 이세야 고타로('고타로'의 '고'는 행복하다는 뜻의 행(幸) 자를 쓴다)!"라며 무게감 있는 이름을 붙여 줬는데, 나는 이 이름이 마음에 들었을 뿐 아니라 사야카가 "고~타로~" 하고 달콤한 목소리로 부르는 소리를 들으면 말로 표현할 수 없을 만큼 기분이 좋았다.

할머니도 나를 무척 귀여워했지만, 나랑 가장 오래 같이 있어준 사람은 사야카였다. 사야카의 가장 친한 말동무도 역시 나였다.

친구, 부모님, 할아버지, 할머니에게 털어놓을 수 없는 비밀도 나에게는 공유해 주었다. 내게는 그런 한때가 더할 나위 없이 행복한 시간이었다.

그랬기 때문에 사야카가 혼자 나가 살던 2년 동안은 너무너무 외로웠다. 입맛이 없어서 몸무게도 300그램이나 줄었다. 뭐, 덕분에 다이어트에 도움은 됐지만.

그런 만큼 다시 사야카와 같이 살게 됐을 때는 너무 기뻐서 하늘을 날아다니는 기분이었다. 사야카도 혼자 사니까 외로웠는지 집에 있을 때면 나와 찰싹 달라붙어 지냈다. 둘이 함께하는 생활은 하루하루가 꿈만 같았다.

나는 원래 주인에게 버려진 고양이였다. 공원에 놀러 왔던 어린 사야카가 우연히 나를 발견했다.

그날 일은 지금도 똑똑히 기억하고 있다. 보석처럼 동글동글한 사야카의 눈동자. 지금보다 긴 머리를 양 갈래로 묶고 있었다. 사야카가 웃으면 나도 덩달아 입꼬리가 움찔거릴 만큼 웃는 얼굴이 예쁜 여자아이였다.

길에서 살았던 탓인지 나는 성묘가 된 뒤에도 종종 밖에 나가곤 했다. 그럴 때마다 나는 이세야 집안 사람들이 "고타로가 가출했다!", "고타로가 탈출했다!" 하면서 쫓아오는 바람에 금방 붙잡혔다.

그렇지만 혼자 사는 사야카의 집에 오고 나서부터는 밖에 거의 나가지 않았다. 그랬는데 그날은 싸움 끝에 그만 집 밖으로 나가고 말았다. 이제 나도 늙어서 다리가 둔해진 걸까. 예전에는 자동차가 불쑥 튀어나와도 피할 수 있었는데…….

"고~타로~, 나 너무 외로웠어……."

그렇게 말하면서 사야카가 다시 훌쩍훌쩍 울기 시작했다.

이 눈물은 아까와 다르다.

나도 그 정도는 구분할 줄 안다.

이건 기쁠 때 나는 눈물이 아니다.

슬퍼서 흘리는 눈물이다.

"네가 걱정돼 죽을 뻔했어……."

나는 사야카에게 "난 정말 바보였어. 지금까지 걱정 끼쳐서 미
안해" 하며 사과하고 싶었지만, 지금 내 입에서는 그런 말이 나
오지 않아 그저 고개만 끄덕끄덕하며 사야카의 이야기를 가만히
듣고 있을 수밖에 없었다.

역시 이쪽 세상에서는 말을 할 수가 없다.

작별의 건너편에서 안내인과 대화했을 때처럼 사야카와도 수
다를 떨 수 있다면 얼마나 좋을까.

"있잖아, 고~타로~. 봐 봐, 사진이 조금 더 늘었어."

정말 그랬다. 벽에 새로운 사진이 몇 장 더 붙어 있었다.

당장이라도 비를 퍼부을 듯한 잿빛 하늘을 찍은 사진도 있었
다. 하지만 아니나 다를까 사야카의 파인더에 담긴 잿빛 하늘은
전혀 다른 풍경처럼 보였고, 그 사진을 보고 있자니 어쩐지 가슴

속이 따스하게 젖어 드는 것 같았다.

"고~타로~, 통조림 하나 더 안 먹어도 돼?"

응, 이제 배불러.

"고~타로~, 이따가 물도 꼭 마셔."

응, 실은 아까 웅덩이에 고여 있는 물을 조금 마셨어.

"고~타로~, 앞으로는 밥투정하면 안 돼."

응, 밥투정이 뜻밖의 싸움을 불러온다는 걸 배웠어.

"고~타로~, 앞으로는 맘대로 집 나가고 그러면 안 돼, 알겠지? 언제까지나 내 곁에 있어줘."

……미안해. 그 약속은 못 지키겠어.

"……고~타로~, 사랑해."

응, 나도 사랑해.

울다 지쳤을까. 그대로 사야카는 잠이 들었다.

지금은 눈물 자국을 얼굴에 묻히고서 침대에 누워 있다.

나 때문에 걱정이 이만저만 아니었구나.

이렇게 사야카에게로 다시 돌아온 것이 과연 올바른 선택이었는지 판단이 서지 않았다.

아침에 사야카가 눈을 뜰 때쯤이면 나는 이미 이곳에 없다.

사야카가 많이 슬퍼하겠지.

분명 펑펑 울 것이다.

이런 헛된 기쁨을 안겨줄 바에야 다시 만나지 않고 그냥 헤어지는 편이 낫지 않았을까.

내가 어떻게 하는 게 옳았을까.

모르겠다. 답을 찾을 수가 없다.

뭐가 옳고 뭐가 그른 걸까.

한 가지 내가 확실히 말할 수 있는 것은 좀 더 오래 사야카와 함께 있고 싶다는 것뿐이다.

나는 벌써 열아홉 살이다. 고양이치고 오래 살았다는 건 알고 있다.

그렇지만 나는 아직 건강했다.

앞으로 2, 3년은 더 살 수 있었다고 생각한다.

그랬으면 사야카가 대학교를 졸업하는 모습도 볼 수 있었을 텐데.

아무 탈 없이 사회생활을 시작하고 내가 안심할 수 있는 상대를 만나 결혼하는 것도 볼 수 있었을 텐데.

그러나 나는 그 모습을 볼 수 없다.

더 이상 사야카 곁에 있을 수 없으니까.

잠든 사야카의 콧등에 내 코를 살며시 갖다 댔다.

겨울날 아침에 이렇게 하면 사야카는 곧바로 눈을 떴다.

고양이의 코는 사계절 내내 약간 젖어 있는데 겨울에는 유난히 더 서늘하기 때문이다.

나는 새벽에 배가 고파 밥을 먹고 싶을 때 이렇게 하면 아주 효과적이라는 사실을 알고 있다.

또, 문이 열려 있지 않을 때 문 앞에 가서 "냐옹" 하고 울면 "열려라, 참깨" 하고 외친 것처럼 문을 열어준다는 것도 알고 있다.

그리고 본가에서 살던 시절부터 사야카가 내가 자유롭게 다닐 수 있도록 집에 있는 문이란 문은 죄다 빼꼼 열어둔다는 것도 알고 있다.

내 몸의 크기를 계산해서 외풍이 새어 드는 겨울철에도 문을 조금 열어 두었다.

하지만 내가 사라지고 나면 사야카도 방문을 꼭 닫고 지내지 않을까.

어쩌면 사야카는 그런 데서 내가 곁에 없음을 실감할지도 모른다.

문이 다 닫힌 집 안에서 혼자 울고 있을지도 모른다.

미안해, 사야카.

내가 너무 내 생각만 했지?

밥투정 부리고, 맘대로 집도 나가고, 그러다가 차에 치여 죽어 버리고.

난 바보야.

진짜 못 말리는 바보였어.

……그렇지만, 내 입으로 이런 말 하긴 뭣하지만 말이야.

원래 고양이는 변덕스럽고 제멋대로잖아.

그래서 오늘도 사야카가 너무너무 보고 싶어서 내 맘대로 만나러 와버렸어.

미안.

내가 없어지고 나면 너는 또 엉엉 울겠지.

끝까지 제멋대로여서 미안해.

……그리고 마음대로 죽어서 미안해.

그렇지만 말이야, 마지막으로 한 번만 더 어리광을 부려도 될까?

만약에, 만약에, 사야카가 괜찮다면 말이야.

새 고양이를 키웠으면 좋겠어.

고양이는 몇 번이고 다시 태어난대.

어디선가 그런 말을 들은 적이 있어.

아 참, 안내인 앞에서는 생각나지 않더니 이제 생각났어.

'고양이는 아홉 번 다시 태어난다'라는 속담이 있어.

고양이에게는 목숨이 여럿 있어서 아홉 번 다시 태어난다는 뜻이래.

그러니 난 또다시 고양이로 태어날 거야.

거듭 다시 태어나서 사야카를 꼭 만나러 갈게.

그때 나를 다시 키워줘.

그러면 앞으로도 같이 있을 수 있어.

언제까지나 네 곁에 있어 달라던 그 약속도 꼭 지킬게.

아홉 번 다시 태어나고 그때마다 스무 살까지 살아서 사야카가 백팔십 살 먹은 꼬부랑 할머니가 될 때까지 외롭지 않게 해줄게.

그리고 사야카를 슬프게 만드는 일은 절대로 하지 않을게.

그러니 제발 부탁이야.

끝까지 내 생각만 해서 미안하지만 이 부탁을 들어줬으면 좋겠어.

고마워, 사야카.

19년 동안 함께할 수 있어서 난 정말 행복했어.

사랑해, 주인님.

고타로는 사야카에게 입을 맞추듯 한번 더 코를 가까이 대며 작은 소리로 "냐옹" 하고 마지막 울음을 울었다.

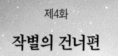

제4화

작별의 건너편

1

"당신이 마지막으로 만나고 싶은 사람은 누구입니까?"

가구라 미사키 앞에 선 안내인이 미사키의 눈동자를 말끄러미 응시하며 물었다.

여기는 작별의 건너편.

눈앞에 서 있는 남자는 안내인.

그리고 미사키에게 남은 것은 단 하나, 마지막 재회였다.

마지막 재회에 관해서는 이미 설명을 들었다.

"내가 마지막으로 만나고 싶은 사람……."

그렇게 갑자기 물어 오니 뭐라고 대답해야 할지 곧바로 떠오르지 않았다.

그런 건 평소에 생각해본 적도 없다. 이런 상황이 자신에게 닥

치리라곤 꿈에도 몰랐으니까.

미사키는 마음을 진정시키고자 길고 검은 머리카락 사이로 손가락을 찔러 넣고 안내인의 말을 곱씹어 보았다.

"고민이 됩니까?"

안내인이 물었다. 그렇다 해도 서두르는 기색은 없었다. 어느 쪽이냐 하면, 도리어 구원의 손길을 내미는 듯한 어조였다.

고민이 되는 건 사실이지만, 미사키의 마음속에 한 가지만은 이미 정해져 있었다.

"나는……."

미사키가 안내인을 똑바로 바라보았다.

"……노래하고 싶어요."

미사키에게는 미처 끝내지 못한 일이 남아 있었다.

미사키의 생명은 21년 만에 끝이 났다.

너무 이른 죽음이었다.

그렇대도 이 죽음이라는 방문객이 느닷없이 미사키의 눈앞에 나타난 건 아니었다. 왜냐하면 미사키는 어릴 적부터 심장에 지병을 앓고 있었기 때문이다.

"다섯 살까지 살 수 있을지 장담할 수 없습니다."

미사키가 중학교 1학년이던 열두 살 때, 부모님이 갓 태어난 미사키를 두고 의사가 그렇게 말했다는 사실을 알려 주었다.

부모님 입장에서는 "그랬던 네가 이렇게 건강하게 자라서 중학생이 됐단다" 하는 찬사의 뜻을 담은 말이었을 것이다.

하지만 미사키는 초등학생 때부터 결석을 밥 먹듯 하고 입원과 퇴원을 거듭해온 탓에, 그런 말을 들어도 "아, 그랬구나" 정도로 받아들일 수밖에 없었다. 그런 사실을 안다고 해서 지금까지의 일들이 없었던 일이 되는 것도 아니고, 앞으로 뭐가 달라지는 것도 아니었다. 지금도 약은 몇 가지 먹고 있지만 일상생활에서는 이렇다 할 고민도 없고 친구들과 함께하는 학교생활은 마냥 즐겁기만 했다. 그리고 무엇보다 엄마와 아빠가 미사키를 애지중지하며 키워 주었다.

"평생 옆에서 미사키를 지켜줄게."

수영 선수 출신인 엄마는 입만 열면 이렇게 말했다.

"미사키의 방패가 돼줄게."

이건 유도 검은 띠 유단자이자 경찰인 아빠의 입버릇이었다.

"그럼 나를 지키기 위해서 엄마랑 아빠가 둘이서 싸우면 누가 이겨?"

미사키는 셋이서 이런 농담에 웃곤 하던 시간이 제일 행복했다.

그러나 그 행복은 그리 오래 이어지지 않았다.

미사키가 중학교 2학년이었을 때였다.

취주악부 현(縣) 대회에 나갔다가 늦어지는 바람에 엄마 아빠가 차로 미사키를 데리러 오고 있었다.

가까운 역에서 기다리던 미사키의 두 눈에는 눈물이 그렁그렁했다. 대회에서 은상 수상에 그쳤기 때문이다. 간토 대회까지 출전해 엄마와 아빠 앞에서 화려한 무대를 선보이고 싶었다. 항상 응원해 주는 부모님에게 은혜를 갚고 싶었지만 그 기회를 날려 버렸다.

그런 미사키에게 소식이 하나 날아들었다.

그 순간 눈물이 쏙 들어갔다.

사람은 큰 충격을 받으면 감정과 사고가 완전히 따로 노는지도 모른다.

부모님이 타고 오던 차가 음주 운전자가 모는 트럭과 추돌했다는 끔찍한 소식이 미사키에게 전해졌다.

두 사람 다 즉사했다.

사고 현장에서 십여 미터 떨어진 길 위에 미사키가 제일 좋아하는 치즈 케이크가 떨어져 있었다. 지금까지 열심히 노력했으나 금상을 받지 못한 미사키를 위로하려고 준비한 모양이었다.

부모님도 이런 형태로 딸과 이별하게 될 줄은 꿈에도 생각지 못했을 터였다. 변함없는 일상이 앞으로도 쭉 이어지리라 믿었던 건 미사키도 마찬가지였다.

엄마 아빠가 나이를 먹고 할머니 할아버지가 될 때까지 자기 옆에 있어줄 거라 너무도 당연하게 믿어왔다.

그러나 현실은 달랐다.

사랑하는 부모님을 한꺼번에 잃었다.

평생 옆에서 지켜주겠다던 두 사람이 돌연 사라져 버렸다.

엄마 아빠를 '거짓말쟁이'라며 원망할 마음은 들지 않았다.

다만 그날부터 미사키가 달라졌을 뿐이다.

원래 지병이 있기도 했지만 부모님의 죽음을 계기로 미사키는 자기 삶을 다시 들여다보게 되었다.

하루하루 후회 없이 살아야 한다고 흔히들 말하지만, 미사키는 그 말을 누구보다 절실하게 받아들였다.

고등학교에 입학하면서부터 아르바이트를 하며 혼자 독립해서 살기 시작했다.

얼마 안 되는 저금을 깨 중고 기타를 사고 밴드도 만들었다.

여름방학이면 지나가는 자동차를 잡아타며 혼자 여행도 하고, 자전거를 타고 선로 끝까지 달려보기도 했다.

고등학교를 졸업할 무렵에는 동네 라이브 하우스에서 혼자 라이브 공연도 했다.

할 수 있는 건 뭐든지 다 했다.

옆에서 지켜봤다면 앞으로 살날이 얼마 남지 않은 사람처럼 보였을지도 모른다.

그러거나 말거나 미사키는 상관없었다.

사람은 언제 어떻게 될지 모르기 때문에 하고 싶은 일은 당장 한다.

그것이 미사키가 내린 결론이었다.

어쩌면 인생은 생각보다 짧을지도 모르니까.

"저어, 천천히 생각해도 괜찮습니다. 맥스 커피 하나 드시겠습니까?"

……이 안내인과는 잘 안 맞는 것 같아 미사키는 내심 불안했다. 어쩌다 보니 처음부터 안내인의 느긋한 페이스에 말려들고 말았다.

"……그럼, 하나 마셔볼까."

안내인이 내민 캔 커피를 받아 들었다.

미사키는 아직 맥스 커피를 한 번도 마셔본 적이 없어서 어떤 맛인지 조금 궁금했다.

"윽, 달아. 그래도 맛있네."

한 번에 두 가지 감상을 말했지만, 안내인은 뒷말만 챙겨 들었다.

"그렇죠? 제가 좋아하는 커피랍니다. 안내할 때마다 보수 대신 이 캔 커피를 지급받고 있습니다."

"보수 대신이라고요?!"

말도 안 되는 소리였다. 미사키도 치즈 케이크라면 죽고 못 살지만 아무리 그래도 일의 대가로 물건을 받고 싶지는 않았다.

그런데도 불평은커녕 오히려 기쁜 듯이 말하는 안내인을 보며 미사키는 놀라움을 감출 수 없었다.

"……그건 그렇고, 한숨 돌렸으니까 아까 하던 이야기 다시 해도 돼요? 내가 만나고 싶은 사람, 벌써 정했거든요."

다 마신 캔을 발치에 내려놓았다.

안내인은 아직 절반쯤 남은 듯했다.

"제가 거들 틈도 없이 순식간에 결정하셨군요. 누구로 정하셨습니까?"

"내가 만나고 싶은 사람은 오쿠라 시노부예요."

오쿠라는 초등학교 때부터 미사키와 동창이었다. 또한 현재는 미사키가 만든 2인조 그룹 '페이퍼백'의 멤버이기도 하다.

페이퍼백은 미사키가 작사와 보컬, 오쿠라가 작곡과 피아노를 담당하는 그룹이다. 고교 시절 기타를 접하고 밴드를 결성했던 미사키는 그대로 망설임 없이 음악의 길로 나아갔다. 그리고 졸업 후에는 밴드 멤버였던 오쿠라와 둘이서 그룹 활동을 시작했다.

미사키의 가사와 노래, 오쿠라의 곡과 연주는 평판이 좋았으나,

그것도 작은 라이브 하우스에서 활동할 때나 듣던 옛말이 되어 버렸다. 그룹 활동을 시작하고 3년이 지난 지금도 정식 무대에 서는 각광을 받지 못하고 있었다.

오쿠라의 할아버지는 이와테에서 양조장을 하고 있는데, 오쿠라의 아버지가 뒤를 잇지 않은 탓에 지금은 오쿠라에게 양조장을 이어받으라는 얘기가 나오고 있었다.

그룹의 존폐를 위협하는 이야기가 미사키의 귀에도 들려오기 시작할 즈음, 미사키는 오쿠라에게서 '중요한 할 얘기가 있다'는 말을 들었다. 미사키는 직감적으로 그룹 해체 이야기임을 눈치채고, 그날 이후로 오쿠라와 둘만 있는 자리를 피해왔다.

그런데 운명은 참 얄궂게도 해체를 눈앞에 둔 타이밍에야 TV에 방송되는 뮤직 페스티벌에 출연하지 않겠냐는 제의가 들어왔다. 신인 밴드를 한자리에 모아 관객과 시청자의 투표로 우승팀을 결정하는 경연이었다. 우연히 그 페스티벌 관계자 중 하나가 가시와의 한 라이브 하우스에서 페이퍼백이 연주하는 모습을 본 모양이었다.

미사키에게 그 제안은 마지막 기회나 다름없었다.

그룹의 해체를 막고 일약 유명 뮤지션이 되기 위해서 이 기회를 꽉 잡아야겠다고 굳게 마음먹었다.

그런데 이게 무슨 짓궂은 운명의 장난인지 기구한 결말을 맞이하고 말았다.

돌연 미사키의 심장이 발작을 일으킨 것이다.

요즘 들어 약 먹는 것도 잊을 만큼 상태가 좋았던 게 오히려 화근이 됐을 수도 있다.

집에 찾아온 친구가 미사키를 발견했을 때 미사키의 심장은 이미 멈춘 뒤였다.

그렇게 해서 21년이라는 짧디짧은 미사키의 인생은 막을 내렸다.

"한 가지 빠뜨린 게 있습니다만, 마지막 재회에는 규칙이 있습니다."

"규칙이요?"

안내인의 말을 들은 미사키는 괜히 안 좋은 예감이 들었다.

"미사키 씨의 죽음을 알고 있는 사람과는 만날 수 없습니다."

예감은 적중했다.

"그 규칙을 먼저 말했어야죠! 보수 대신 캔 커피를 받고 있다는 정보 같은 건 필요 없었다고요!"

"죄송합니다. 한꺼번에 말하면 혼란스러워하는 분도 계셔서……."

안내인은 사과의 말을 늘어놓은 다음 현재 미사키의 혼은 어슴푸레하다는 것, 다른 이의 기억과 인식에 의해 겨우 형태를 유지하고 있다는 것, 그리고 마지막 재회에 허락된 시간은 24시간이라는 것 등 뒤늦게 자세한 설명을 덧붙였다.

"……뭐야 그게."

화낼 힘도 없었다.

"뭘 어쩌라는 거야……."

"천천히 생각하셔도 괜찮습니다."

그렇게 말하며 안내인은 손에 들고 있던 캔 커피의 마지막 한 모금을 비웠다. 정말 캔 하나를 천천히 음미하며 마시는 것 같았다.

그동안 미사키는 해결책을 찾느라 머리를 쥐어짰다.

누구를 만나고 싶으냐는 말을 듣자마자 맨 먼저 엄마 아빠의 얼굴이 떠올랐지만, 두 사람은 이미 세상을 떠났기 때문에 그건 불가능했다.

그렇다면 역시 방금 말한 대로 오쿠라를 만나고 싶었다. 부모 님을 제외하면 지금까지 가장 긴 시간을 함께 보냈고, 뭐니 뭐니 해도 마지막 무대에 같이 서고 싶었다.

이대로라면 죽어도 죽는 게 아니다.

노래를 부르고 싶어서 견딜 수 없었다.

미사키는 노래하고 싶다는 간절함이 죽었다는 슬픔보다 더 강했고, 그 덕분에 지금 자신을 잃지 않고 중심을 잡을 수 있었다.

하고 싶은 일은 뭐든 당장 한다.

원점으로 되돌아왔다.

그때 아이디어 하나가 번뜩 떠올랐다.

"그럼 오쿠라가 나를 못 알아보면 괜찮겠네요?"

"변장해서 만나러 가시려고요?"

"……뭐야, 기발한 아이디어라고 생각했는데."

"아뇨, 멋진 아이디어라고 생각합니다. 다만 실제로 실행한 사람은 거의 없었습니다. 왜냐하면 변장해서 다른 사람인 체하고 만나러 가면 말도 마음도 직접 전할 수 없을뿐더러 행여 만에 하나 들키기라도 하면 마지막 재회가 한순간에 끝나 버리니까요."

"괜찮아요, 난 노래만 부를 수 있으면 상관없어요. 오쿠라한테는 안 들킬 자신이 있거든요."

"자신감이 넘치네요."

"맞아요, 자신만만. 오쿠라에 대해서라면 안내인 아저씨보다 내가 훨씬 잘 알고 있으니까 지금 당장 현세로 돌아갈 준비나 해주세요."

미사키가 안내인을 재촉한 데는 사정이 있었다. 바로 내일이 페스티벌 개최일이기 때문이다. 이 타이밍을 절대로 놓칠 수 없었다.

"미사키 씨는 성미가 참 급하시군요."

말은 그렇게 했지만 안내인도 이때만큼은 미사키에게 맞춰주려는지 서둘러 준비를 시작했다.

안내인이 손가락을 딱 튕기자 나무로 된 문이 미사키 앞에 떠올랐다.

"이 문을 통과하면 현세로 돌아갈 수 있습니다. 제한 시간은 좀 전에 말했다시피 24시간. 지금 돌아가면 현세는 오후 8시 정각이겠군요. 그러므로 내일 그 시간이 끝나는 시간입니다."

"자세히 알려줘서 고마워요."

"성미가 급한 분들은 시간을 신경 쓸 것 같아 확인 차원에서 말씀드렸습니다. 그럼 미사키 씨, 잘 다녀오세요."

안내인이 입가에 미소를 머금고 미사키를 배웅했다.

"네, 잘 다녀오겠습니다."

미사키는 뒤도 돌아보지 않고 눈앞의 문을 힘차게 열어젖혔다.

2

"……이제 됐어."

지바 공원 화장실 거울 앞에서 이토록 유심히 내 얼굴을 들여다보는 건 아마 오늘이 처음이 아닐까 싶다. 하지만 거울 속에 비친 모습은 평소의 낯익은 내 얼굴이 아니었다. 아예 딴사람 같았다.

허리 중간까지 내려오던 긴 머리카락을 귀까지 드러날 정도로 짧게 치고 지금껏 한 번도 시도할 생각조차 하지 않았던 노란색으로 물들였다. 여느 때의 자연스러운 느낌 대신 세련된 느낌을 살려 화장도 했다.

그리고 마지막 마무리로 코와 입을 가리는 마스크에 컬러 렌즈까지. 자신만만이랄까, 자신감 그 자체였다. 요즘은 마스크만

써도 충분히 변장이 가능하지만 세세한 부분까지 공을 들이고 싶었다. 게다가 솔직히 말하자면, 언젠가 한 번쯤 노란 머리를 해보고 싶었다.

"완벽해……."

기합을 불어넣듯 뺨을 찰싹 두드렸다.

이 공원은 오쿠라네 집에서 가까워 오쿠라가 곡을 만들 때마다 찾아오곤 하는 곳이다. 그리고 역시나 오늘도 오쿠라는 이 공원에 있었다.

딱히 뭘 하지도 않고 벤치에 앉아 별도 잘 보이지 않는 밤하늘을 하염없이 쳐다보고 있었다. 옆에는 토마토 주스가 놓여 있다. 오쿠라가 제일 좋아하는 음료수다.

"좋아……."

준비는 다 됐다. 이러고 있는 사이에도 시간은 흘러간다. 머리를 자르고 염색과 화장을 하느라 한 시간이나 써버린 탓에 남은 시간은 23시간. 머뭇거리고 있을 틈이 없었다.

"저, 저기요……."

눈을 살짝 아래로 내리깐 채로 오쿠라에게 말을 걸었다.

아직은 눈을 마주 보려니 겁이 났다. 이렇게 완벽하게 변장해도 들키는 순간 말짱 꽝이다. 나는 아무것도 이루지 못하고 이 세상에서 사라지게 된다.

그러니까 오쿠라, 알아보면 안 돼.

"……엇, 무슨 일이죠?"

그 반응을 보자 절로 두 손을 들어 승리 포즈를 취하고 싶었다. 오쿠라의 눈에 재회의 기쁨 따위는 손톱만큼도 묻어나지 않고 당혹감만 가득 차올랐다. 그렇지만 행여 여기서 실수라도 하면 큰일이다. 자자, 신중하게…….

"내 이름은…… 미키예요. 미사키 사촌이고요. 그쪽은 페이퍼 백 멤버 오쿠라 씨, 맞죠?"

"미사키 사촌, 미키……."

내가 자기소개를 하자 오쿠라는 나를 멀뚱멀뚱 쳐다보았다.

이런, 이 설정은 안 먹히려나. 분위기가 다소 비슷하더라도 수상하게 여기지 않도록 사촌이라는 설정을 잡았건만, 이 설정이 도리어 내가 누군지 알아챌 힌트를 제공하게 된다면 본전도 못 찾게 된다. 만약을 위해서 목소리도 바꾸긴 했지만 초등학생 때부터 거의 매일 붙어 지낸 사이라서…….

"……그렇구나, 미사키보다 미키가 눈이 더 예쁘네."

……한 대 패줄까.

그런 생각에 주먹을 말아 쥐었다가 그대로 승리 포즈로 바꾸었다. 정성 들인 화장과 마스크, 컬러 렌즈가 제대로 효과를 발휘했다. 어쨌든 안 들키고 넘어가서 다행이다. 이 관문을 통과했다는 사실이 무척 기뻤다.

그러면서 새삼 이렇게 조마조마해할 필요는 없었다는 생각이
들었다. 원래도 오쿠라는 매사에 섬세한 성격이 아닌지라, 고등
학생 때 내가 재미로 변장하고 길에서 다른 사람인 척 말을 붙여
봤지만 전혀 알아차리지 못한 적도 있었다.

그때는 마스크를 쓰고 평소에 풀고 다니던 머리를 묶기만 했
을 뿐이었다. 지금은 그때보다 훨씬 세심하게 변장했으니까 애
당초 들통나면 어쩌나 하는 걱정은 불필요했을지도 모르겠다.
상대가 눈치가 빠른 사람이었다면 위험했겠지만, 그런 면까지
포함해서 만날 상대를 오쿠라로 정하길 잘한 것 같았다.

"……근데 미사키 사촌이 여긴 왜?"

오쿠라가 얼굴에서 웃음기를 거두었다. 좀 전까지의 담담한
말투가 거짓말이었던 것처럼. 내가 죽은 지 일주일이나 지났다
고 안내인한테 듣긴 했지만, 어쩌면 오쿠라는 아직도 내가 죽었
다는 사실을 완전히 받아들이지 못한 건 아닐까.

"……내가 여기 온 건 페이퍼백의 페스티벌 출연 문제 때문이
에요."

"아니, 그거라면…… 이제 미사키가 없으니 어쩔 수가……."

오쿠라가 이런 표정을 보인 건 거의 처음이라 해도 좋았다.

언제나 자기 페이스대로 자연스러운 상태를 유지하는 남자였다.

나는 무대에 오르기 전에 긴장되고 떨릴 때도 평소와 똑같은 모습의 오쿠라를 보면 마음이 놓였다.

어째서일까, 당장이라도 울음을 터뜨릴 듯한 오쿠라의 얼굴을 보고 있으려니 내가 죽었다는 사실이 실감 나기 시작했다. 가슴 속에서 억누르지 못한 무언가가 부풀어 오르는 것을 느낄 수 있었다. 이대로 마냥 생각에 빠졌다가는 지금 당장 숨이 막혀 폭발할 것 같은 느낌마저 들었다.

안 돼, 생각하지 마.

지금은 그저 남은 일을 마무리하기 위해 내가 할 수 있는 것만 떠올리자. 그렇지 않으면 이렇게까지 해서 현세로 돌아온 의미가 없잖아.

내게 남은 시간은 고작 하루뿐이다. 그러니 우는 건 다 끝난 뒤에 하자.

"……그치만, 난 미사키의 열정을 헛되이 하고 싶지 않아요."

"미사키의 열정……."

"미사키가 그랬어요. 무슨 일이 있어도 그 무대에 꼭 서고 말겠다고……."

진심에서 우러나온 말이었다.

마지막 기회라고 생각했다.

"많은 사람들에게 우리 노래를 들려주고 싶다고. 우리 페이퍼백 노래는 진짜 최고니까 한 번만 들어보면 다들 감동할 거라고, 미사키는 그렇게 말했어요!"

그렇기에 나는 이렇게 다시 오쿠라 앞에 나타났고, 마지막 재회에 허락된 24시간을 그 무대를 위해 쓰기로 마음먹었다.

"그렇지만 나 혼자서는……."

오쿠라가 시선을 떨어뜨리자 나는 선언하듯 말을 받았다.

"노래라면 내가 부를게요."

"뭐?"

"난, 노래라면 자신 있어요. 미사키랑 목소리가 비슷하다는 말도 자주 듣고, 미사키한테서 '혹시 나한테 무슨 일이 생기면 네가 대신 불러줘'라는 말도 들었거든요……."

거짓말 아니, 순간적으로 지어낸 말이지만 지금 미키이자 미사키인 내 진심이었다.

"아니, 갑자기 그렇게 나와도…… 우린 나랑 미사키 둘이 함께해야 페이퍼백인데……."

"둘이 함께해야 페이퍼백……."

오쿠라가 그렇게 말해줘서 기뻤다. 하지만 지금은 그 말을 그대로 받아들이며 "고마워" 하고 끝낼 수가 없었다. 아직 우리에게는 해야 할 일이 남아 있다.

"……오쿠라 씨, 벌써 페스티벌 주최 측에 출연 안 한다고 연락했어요?"

"아직……."

"그건 오쿠라 씨도 무대에 서고 싶은 마음이 남아 있어서 그
런 거 아니에요?"

"……."

"미사키가 그랬어요. '우리 노래를 들려주고 싶어! 내가 이 세
상에 남길 수 있는 건 노래밖에 없어! 그러니까 이대로 페이퍼백
의 노래를 사람들에게 전하지 못한다면 죽어도 죽을 수 없어!'"

솔직한 심정을 남김없이 쏟아 냈다.

미키로서의 내가 할 수 있는 말은 더 이상 없었다.

거짓 없는 진심을 고스란히 전했다.

오쿠라는 곧장 뭐라 대꾸하지 않았다. 대답을 망설이고 있는지,
아니면 앞으로의 일을 생각하고 있는지 나로서는 알 수 없었다.

"저기……."

오쿠라가 입을 열었다.

하지만 오쿠라의 입에서 나온 말은 내가 바라던 것과 달랐다.

"미안, 역시 안 되겠어. 내가 만든 곡과 미사키의 목소리가 하나
가 될 때 비로소 페이퍼백의 노래가 탄생하거든. 그러니까 미키와
같이 무대에 오르진 못할 것 같아. 그리고 나도 이제는……."

끝까지 듣지 않더라도 그다음에 나올 말이 뭔지 알 수 있었다.

오쿠라가 자신의 앞날을 결정한 것이다. 내가 죽은 뒤 혼자서 고민하다 결론을 내렸을 것이다. 전부터 할아버지의 양조장을 물려받으라는 말도 있었고.

먼저 세상을 떠나 버린 내가 이제 와서 오쿠라의 인생에 무책임하게 참견할 수는 없다.

"그러니까 미안……. 미사키를 아는 사람을 만나서 기뻤어."

그 말을 남긴 채 오쿠라는 내게 등을 돌리고 걸어갔다.

……실패다.

실패로 끝나고 말았다.

이제 두 번 다시 우리가 같이 노래할 일은 없다.

페이퍼백의 노래를 들려주는 것도 불가능하다.

나는 마지막 순간까지 세상에 아무것도 남기지 못하고 이대로 허무하게 사라지게 된다.

그리고 오쿠라도 음악으로부터 멀어지게 된다.

엄청난 재능을 가진 사람인데.

정말 이대로 괜찮을까.

모처럼 마지막 재회라는 이름의 기회를 얻어 현세로 돌아왔건만.

살아 있을 때는 페스티벌 출연이 마지막 기회다 싶었지만, 진짜 마지막 기회는 바로 지금 이 순간이 아닐까.

이대로 끝내고 싶지 않다.

이대로 끝내서는 안 된다.

오쿠라, 내가 여기 있어.

"오후 5시를 알리는 멜로디가……"

나는 노래했다.

마스크 너머로 가둥기를 바라며 노래를 불렀다.

이제 이 방법밖에 없었다.

페이퍼백의 노래다.

말로는 설득할 수 없다.

처음부터 내게는 이 방법밖에 없었다.

오직 노래밖에 없었다.

"흐르기 전에……"

그대로 1절 부분을 아카펠라로 다 부르고 나니 등을 돌리고 가던 오쿠라가 천천히 돌아보았다.

"지금 그건……"

오쿠라의 표정이 아까와는 백팔십도 달랐다.

내 노랫소리가 오쿠라의 가슴속 깊이 가닿은 것 같았다.

지금 다시 한번 아까와 똑같은 질문을 던지면 오쿠라는 대답을 바꿀 것이다.

나는 알 수 있었다.

오쿠라도 분명 알고 있을 것이다.

하지만 둘 다 그 말을 다시 입에 올리는 건 멋이 없다고 생각했고, 대신 우리는 동시에 고개를 끄덕였다.

3

"좀 더 가까이 가지 그래요?"

"됐어. 저쪽까지 가면 파도 소리가 거슬려."

"파도 소리 듣기 좋은데."

"어떤 소리든 한번 귀에 거슬리기 시작하면 잡음으로 느껴지거든. 그리고 밤바다는 무서워."

페이퍼백이 갈 길은 정해졌다. 남은 건 시간과의 싸움이었다. 나와 오쿠라는 지바공원역에서 모노레일을 타고 지바미나토역에 내려, 지바 포트 타워가 보이는 항구까지 왔다. 오쿠라에게 좀 더 바닷가 가까이 가자고 했다가 거절당했다. 그렇지만 오쿠라의 마음도 조금은 알 것 같았다. 확실히 밤바다는 무섭다. 뭔가가 물속에서 입을 벌리고 입맛을 다시고 있을 것만 같았다.

바닷가에서 적당히 떨어진 계단에 걸터앉아 대화를 시작했다.

이번이 진짜 마지막 기회다.

지금부터 페이퍼백의 최후가 시작된다.

"……내일 신곡을 부르고 싶은데요."

내가 미리 생각하고 있던 말을 꺼내자 오쿠라의 눈이 동그래졌다.

"말도 안 돼, 농담이지? 내일이 본무대란 거 몰라? 그리고 지금까지 미사키랑 같이 만든 곡이 아니면……."

오쿠라가 거기까지 말했을 때, 나는 종이 한 장을 꺼내 코앞까지 들이밀었다.

"이건……."

"미사키가 마지막으로 남긴 가사예요. 이 가사로 꼭 곡을 만들어야 한다고 생각해요."

"미사키가 마지막으로 남긴 가사……."

거짓말은 하지 않았다.

정말로 내가 오늘 완성한 가사였다. 줄곧 단편적으로 가사가 떠올랐지만 살아 있는 동안은 마지막까지 그 조각들이 제대로 들어맞지 않았다.

그러더니 얄궂게도 죽음을 통과하면서 딱 맞는 마지막 한 조각을 찾으며 퍼즐이 맞춰졌다.

그렇게 완성된 가사에는 지금 내가 쓸 수 있는 전부가 담겨 있다.

"……이거, 엄청 좋다."

오쿠라가 가사를 한 줄 한 줄 끝까지 읽고 나서 감상을 말했다.

"……여기에 맞는 곡을 써보고 싶어."

오쿠라는 그 말을 끝으로 아예 내 모습이 안 보이는 사람처럼 가사만 쳐다보다가 케이스를 열어 키보드를 끄집어냈다.

"여기는…… 이렇게 하는 게 좋겠지……."

내가 쓴 가사에 하나하나 음을 덧입혀 나갔다.

마치 내가 모아 온 식자재를 가지고 솜씨 좋게 음식을 만들어가는 요리사 같기도 했다.

오쿠라의 작곡 실력은 주변 사람들 사이에서도 정평이 나 있다. 나도 오쿠라가 만든 멜로디 라인을 좋아했다.

파도 소리와 오쿠라의 손가락이 자아내는 키보드 소리가 배경 음악처럼 흐르는 가운데, 나는 작곡 작업에 몰두한 오쿠라의 옆얼굴을 물끄러미 바라보았다.

우리는 한때 사귀던 사이였다.

오쿠라와는 초등학교 때부터 알고 지냈다. 집이 가까웠던 게 처음 말을 나누게 된 계기였다. 자주 학교를 빼먹었던 나를 위해

프린트나 수업 내용을 필기한 노트를 전해주러 온 사람이 오쿠라였다.

오쿠라는 피아노를 배우고 있어서 합창 콩쿠르 때면 늘 반주를 맡았다. 하지만 나는 오쿠라가 누구보다 노래를 잘한다는 사실을 알고 있었다. 피아노를 치면서 가사를 흥얼거리는 오쿠라의 옆얼굴은 키가 작아 피아노 옆이라는 가장 좋은 자리를 차지한 나만이 볼 수 있었다.

중학생이 되어 부모님이 돌아가셨을 때도 오쿠라는 줄곧 내 옆에 있어 주었다. 사귀기 전부터 "앞으로는 부모님 대신에 내가 미사키를 지켜줄게" 하고 낯간지러운 말을 아무렇지 않게 하며 나를 위로해 주었다.

그리고 그 말처럼 오쿠라는 여러 번 나를 지켜 주었다.

중학교 3학년 때였나, 친구와 같이 바다에 들어갔다가 물살에 휩쓸려 허우적대는 나를 오쿠라가 구해 주었다.

또 고등학교 1학년 때는 나를 끈질기게 따라다니던 스토커를 엎어 치기로 단번에 쓰러뜨린 적도 있었다.

대학교 1학년 때는 학교 가는 전철 안에서 나를 괴롭히던 치한을 잡아 주었다.

오쿠라는 몇 번이나 나를 구해 주었다.

내가 그런 오쿠라를 좋아하지 않을 이유는 없었다.

아니, 어쩌면 나는 초등학생 시절 피아노 치는 오쿠라를 처음 본 순간부터 오쿠라에게 끌렸는지도 모르겠다.

타이밍 좋게 오쿠라가 나를 구한 건 우연이라 할지라도 내가 오쿠라를 좋아하게 된 건 필연이었다.

그렇지만 사귄 지 3년이 지났을 즈음 헤어지자는 말을 꺼낸 사람은 나였다.

그때는 이미 페이퍼백 활동도 같이하고 있었고, 오쿠라가 결혼까지 생각하면서 나와 진지하게 사귀고 있다는 것도 알고 있었다.

하지만 그렇기에 더더욱 헤어지기로 결심했다.

나는 보통 사람과 조금 달랐다.

애당초 보통 사람이란 하나도 없을지도 모르지만, 어쨌든 내 몸 한복판의 심장은 다른 사람과 달랐다.

남들과 다르게 나만 보이지 않고 언제 터질지 모르는 시한폭탄을 끌어안고 사는 기분이었다.

내 몸만 생각하면 앞날이 캄캄했고, 그런 내 미래에 타인을 끌어들이고 싶은 마음은 없었다.

의사가 말하길 나는 아이를 낳을 수 없다고 했다. 출산은 심장에 크나큰 부담을 주기 때문이다.

그래서 오쿠라와 계속 사귀다 보면 언젠가 마주하게 될 결혼과 출산으로부터 스스로 달아나 버렸다.

행복해지고 싶지 않은 건 아니었다.

다만 행복을 손에 넣지 못할 거라고 자포자기하는 마음이 내 안에 있었다.

또한 내게 그 사람이 소중하듯 나 역시 그 사람에게 소중한 존재가 되어 버리면, 이별할 때 서로가 너무 힘들어진다. 슬픔은 배가 되고, 눈을 질끈 감고 싶어질 안타까운 결말만이 우리를 기다리게 될 것 같았다.

그러므로 그게 최선의 선택이었다.

어차피 잃을 거라면 처음부터 손에 넣지 않는 편이 낫고, 저만치 앞에서 큰 슬픔이 기다리고 있다면 처음부터 작은 기쁨도 누리고 싶지 않았다.

무엇보다 타인을 내 미래에 끌어들이고 싶지 않았다.

실제로 시한폭탄은 폭발했다.

그런 만큼 나는 짧은 인생을 필사적으로 살아냈다.

그리고 나는 마지막으로 노래를 부르고 싶었다.

짧은 삶을 통해 내가 이 세상에 남길 수 있는 거라곤 노래밖에 없었다.

"······미······키?"

목소리가 들렸다.

"……미키?"

"어……."

한참을 생각에 잠겨 있었다.

오쿠라가 부르는 소리를 들으며 긴 잠에서 깨어난 기분이었다.

"정신 차려. 내일이 본무대니까 곡 다 쓰고 나면 오늘 밤새도록 연습할 거야. 카페인이나 보충하고 와. 그리고 난 토마토 주스."

"진짜 좋아한다니까, 토마토 주스."

"어? 내가 토마토 주스 좋아한다고 했었나?"

"아, 그게……."

이런, 나도 모르게 여느 때처럼 대화를 이어가고 말았다.

어떻게든 잘 빠져나가야 하는데…….

"아, 그야, 아까 지바 공원에서도 토마토 주스 마셨잖아요! 그래서 그런 거예요!"

"아하, 그랬구나. 맞아, 난 토마토 주스를 진짜 좋아해. 리코펜은 피부에도 좋고."

"……피부에 신경 쓰는 타입이군요."

"아니, 피부 문제가 아니라 리코펜이라는 이름이 너무 귀엽잖아. 분명 팔랑이는 스커트를 입은 여자애일 거야."

"영양소에는 남자도 여자도 없거든요……."

오쿠라가 실실 웃다가 다시 한번 음료수를 부탁하며 동전을 건네주었다. 나는 존댓말을 쓰면서도 어쩐지 평소처럼 대화하는 기분이 들었다. 역시 자연스럽고 안정된 분위기의 오쿠라가 옆에 있으면 마음이 편안해진다.

그러고 나서 조금 떨어진 자판기 앞까지 갔다가 뜻밖의 인물을 만났다.

"일단 작전은 순조롭게 진행되고 있는 모양이군요."

안내인이었다.

웬일로 손에는 맥스 커피 대신 블랙커피가 들려 있었다.

"아, 써. 너무 쓰다."

"커피는 원래 쓰다고요."

녹즙 광고에 나오는 사람처럼 얼굴을 찡그린 안내인. 현세에서도 종잡을 수 없는 분위기는 여전했다. 어쩐지 오쿠라와 비슷한 것도 같았다.

"저는 역시 맥스 커피가 좋습니다. 블랙은 써서 못 마시겠어요."

나는 우선 토마토 주스와 에너지 음료를 하나씩 뽑았다.

"난 이거요. 생, 기, 발, 랄('생기발랄'은 비타민 음료 오로나민C를 대표하는 선전 문구이다)!"

나도 객쩍게 광고를 따라해 보았다.

그러자 안내인이 싱긋 웃었다.

"미사키 씨는 저처럼 죽은 사람이라 여겨지지 않을 만큼 생기 발랄하시네요, 제가 안내하기도 전에 이렇게까지 밀고 나가는 사람은 좀처럼 없었습니다."

"네? 안내인 아저씨도 원래는 보통 사람이었어요?"

"예, 그렇습니다."

"뭐야, 난 또 신이 보낸 심부름꾼 같은 건 줄 알았는데."

"안타깝게도 그냥 보통 사람입니다."

"아, 그럼 안내인 아저씨가 안내인이 되기 전에는 다른 안내인이 있었다는 말이에요?"

"그렇습니다."

"그러면 안내인 아저씨는 죽은 다음에 누구를 만나러 갔어요?"

내 말에 안내인이 설핏 머뭇거리는 기색을 보였다.

"그게⋯⋯."

그러더니 천천히 내 질문에 답해 주었다.

"⋯⋯실은, 저는 아무도 만나지 않았습니다."

"아⋯⋯."

"⋯⋯뭐, 이런저런 사정이 있어서요. 머나먼 옛 기억입니다만."

"안내인 아저씨⋯⋯."

그때 처음으로 안내인의 진지한 얼굴을 본 듯한 기분이 들었다.

"그래서 만나고 싶은 사람을 곧장 만나러 가지 못하는 사람들의 심정을 아프리만치 잘 압니다. 제 가슴속에 유일한 후회로 남아 있거든요. 다시 한번 다녀왔어, 하면서 집에 돌아가는 것이 얼마나 멋진 일인지, 사랑하는 사람을 품에 안는 것이 얼마나 큰 행복인지…….”

“안내인 아저씨…….”

나는 안내인이 가슴에 묻고 있는 사연을 알지 못했다.

그저 안내인은 그 공간을 찾아온 사람을 안내하면서 언제나 유유히 지낼 뿐 고민 같은 건 없을 줄 알았다.

하지만 실제로는 달랐다.

역시 보통 사람은 하나도 없을지도 모르겠다.

누구나 씻을 수 없는 후회 하나 정도는 가지고 있다.

겉보기에는 평범해 보이는 사람일지라도 다들 복잡한 사연을 가슴속 깊이 간직하고 있기 마련이다.

“……늘 태평하게 보이는 사람들도 마음속 깊은 곳을 두드려 보면 어딘가 슬픈 소리가 난다.”

“예에?”

내가 그렇게 읊조리자 안내인이 다소 놀란 표정으로 돌아보았다.

“그렇게 의외예요? 나쓰메 소세키는 국어 교과서에도 나오는데요?”

"아아, 그렇죠, 그렇습니다."

"근데 이 말을 가르쳐준 건 중학교 때 과학 선생님이에요. 우리 학교는 수업 시간에 《나는 고양이로소이다》를 안 다뤘거든요."

내가 그렇게 말하자 안내인의 두 눈이 아까보다 더 커졌다.

나는 왜 그렇게 놀라는지 감이 잡히지 않았다.

"예쁘게 생긴 신입 교사였는데요, 나는 그 선생님이 무척 마음에 들었어요. 수업 마치고 종례 시간에 반 애들한테 그 말을 가르쳐 줬어요."

내가 말을 이어가자 안내인은 눈을 휘둥그레 뜨고 나를 빤히 쳐다보았다.

"왜 그러세요?"

"아, 아니, 아무것도 아닙니다……."

말은 그렇게 해도 아무것도 아닐 수 없는 표정을 짓고 있었다.

여전히 나는 그 이유를 알 수 없었다.

"……내가 이 말이 와닿았던 건요, 내 건강 문제와 부모님 일이 있었기 때문이에요. 같은 반 애들이 좋아하는 이성이 자기를 봐주지 않는다고, 부모님과 싸웠다고, 그런 문제로 고민하는 모습을 보면 부러웠어요. 그럴 때 그 말을 듣고, 어쩌면 내 눈에는 아무 걱정 없어 보이는 사람도 속에는 뭔가 고민이 있지 않을까, 하고 다시 생각하게 됐어요. 내가 고민이 있다고 다른 사람의 고민을 함부로 여겨서는 안 되잖아요."

"……그런 일이 있었군요."

안내인은 무언가를 곱씹듯 고개를 두세 번 끄덕끄덕해 보였다.

"말에는 힘이 있더라고요. 그때부터 나도 가사를 쓰게 됐어요. 말에 실어서 사람들에게 내 마음을 전하고 싶어서요. 그러니까 이 가사를 쓸 수 있었던 건 그 선생님 덕분이기도 해요. 뭐 그치만, 그 말을 듣고 감동한 사람은 우리 반에 나 하나뿐인 것 같았지만요."

내가 그렇게 말하자 안내인은 한번 더 고개를 천천히 끄덕거렸다.

그러더니 나를 똑바로 쳐다보며 빙그레 웃었다.

"가닿을 사람에게는 분명 가닿을 겁니다."

4

오쿠라가 작곡을 끝낸 다음에는 아침 해가 얼굴을 내밀 때까지 노래를 맞춰 보는 연습을 이어가다가, 정오가 되기 전에 스튜디오를 빌려 꼼꼼하게 최종 조정 작업을 마무리했다.

보람은 충분히 있었다. 지금까지 연습 단계에서부터 감정이 이토록 완벽하게 실리는 곡은 없었다. 다시금 이 세상에서 노래하면서 더없는 기쁨을 느낄 수 있었다. 틀림없이 페이퍼백 사상 최고의 노래를 들려줄 수 있으리라 확신했다.

저녁 무렵에는 페스티벌이 열리는 방송국 앞 광장으로 가서 우선 출연자들이 모여 있는 대기실로 들어갔다.

잠시 후면 마지막 무대의 막이 오른다.

방송은 오후 7시부터 8시까지 한 시간. 공교롭게도 끝나는 시간이 내가 이 세상에 머물다가 떠나는 시간과 겹친다.

이제 정말 마지막이다.

내 인생의 마지막 무대.

거기까지 생각이 미치자 나는 바짝 얼어 버렸다. 대기실에는 출연자들이 잔뜩 모여 있어 정신을 가다듬을 수 있는 분위기가 아니었다. 나는 조용한 곳을 찾아 화장실로 갔다.

"후우……."

거울 앞에 섰다. 긴장될 때 자기 얼굴을 쳐다보면 마음이 진정된다는 말을 들은 적이 있었다. 자신을 객관적으로 볼 수 있기 때문이다.

하지만 지금은 이런 것도 소용없을 정도로 긴장이 극에 달했다.

"……괜찮아."

그렇게 나 자신을 달래도 봤지만 그다지 효과는 없었다. 희미하게 떨리는 손끝을 알아차리고 억지로 두 손을 주먹 쥐었다.

이럴 때 엄마 아빠가 살아 있었다면 내게 뭐라고 말했을까. "무슨 일이 있어도 지켜줄게" 하며 웃는 얼굴로 배웅해 주지 않았을까. 그랬다면 정말 든든했을 텐데. 그 말만으로도 손의 떨림이 멈췄을 것만 같다.

하지만 지금 부모님은 없다. 혼자 힘으로 어떻게든 헤쳐 나가야 한다.

화장실을 나오자 오쿠라가 가로등 옆에 서 있는 모습이 보였다. 그런데 그 옆에 내가 꼴도 보기 싫어하는 남자도 같이 있었다.

"야, 뭐냐. 왜 너 같은 게 여기 있어?"

남자의 이름은 기리사와. 어떤 밴드의 보컬이다.

"너 같은 초짜가 나오면 페스티벌의 질이 떨어지잖아. TV에도 방송되는 대규모 행사란 거 몰라?"

몇 번 같은 라이브 하우스에서 공연을 하면서 얼굴을 익혔다. 인기는 있지만 좋은 얘기는 한 번도 못 들었다. 여러 번 그룹을 해체했다가 다른 그룹의 멤버를 빼내 재결성했고, 사생활 면에서도 다른 그룹의 팬에게까지 손을 댄 적도 있어, 안하무인으로 이름이 자자했다.

또 업계에 든든한 연줄이 있다는 소문도 파다했다. 새로 밴드를 결성한 지 얼마 되지도 않았는데 이런 행사에 출연하는 것만 봐도 알 만했다.

"뭐래, 우린 주최 측으로부터 정식으로 초대받고 출연하러 왔거든."

오쿠라는 기리사와가 빈정대거나 말거나 개의치 않았다. 평소와 똑같은 말투로 대수롭지 않게 받아쳤다.

"피아노를 곁들인 혼성 밴드라는 명목의 들러리가 필요해서 불렀나. 설마 생방송 중에 프러포즈라도 하겠다고 애걸복걸한 건 아니지?"

기리사와가 비웃듯 되받아쳤다.

신시사이저 연주가 현재 기리사와네 밴드의 특징이라서 피아노를 사용하는 페이퍼백을 다분히 적대시하는 것일 수도 있다.

"그것도 드라마틱하긴 한데, 난 그런 식으로 남들 앞에서 프러포즈하는 건 질색이라서 말이야. 이왕 할 거면 둘이 있을 때 할게."

오쿠라의 표정은 한결같았다. 그런 오쿠라의 태도에 조바심을 낸 건 오히려 기리사와였다.

"……그 뭐냐, 너네 밴드 여자 보컬 죽었다며?"

기리사와의 입가에 조롱하는 듯한 웃음이 번졌다.

"어떻게 출연하려고? 대역이라도 불렀어? 그렇게까지 해서 TV에 나가고 싶냐, 꼴사납게. 얌전히 성묘나 다녀오시지?"

그때 처음으로 오쿠라의 안색이 바뀌었다.

"……뭐, 왜."

그런 변화를 기라사와도 놓치지 않았다. 기리사와의 눈에 동요의 빛이 어른거렸다.

"미사키는 오늘도 여기에 있어."

오쿠라가 기리사와를 정면으로 쏘아보았다.

"뭐라고?"

"미사키는 항상 나와 함께 있어."

"하, 하하하하……."

기리사와는 도무지 무슨 소린지 모르겠다는 듯 입술을 일그러뜨렸다가 큰 소리로 웃었다.

"미친놈. 완전 맛이 갔네, 갔어. 아니면 그런 건가? 미사키는 내 가슴속에 영원히 살아 있다, 뭐 그런 거? 우하하하!"

기리사와가 거슬리는 웃음소리를 흘리며 멀어져 갔다.

그 자리에 남은 건 오쿠라뿐이었다.

마음 같아서는 나도 당장 그쪽으로 달려가 기리사와를 실컷 패주고 싶었다.

하지만 그럴 수는 없었다. 오쿠라가 폭력을 쓰지 않았던 이유도 잘 알고 있었다.

우리는 이 마지막 무대에 반드시 올라가야만 했다.

그리고 오쿠라의 그 한마디가 나를 버틸 수 있게 해주었다.

미사키는 항상 나와 함께 있어.

그 말에 손가락의 떨림이 멈췄다.

괜찮아. 이제 두렵지 않아.

혼자가 아니다. 내 옆에는 오쿠라가 있다.

페이퍼백은, 절대 지지 않는다.

"녀석의 이름을 가르쳐 줘! 천! 산! 갑! 예이! 천! 산! 갑! 와오!"

드디어 페스티벌의 막이 올랐다. 동시에 생방송 중계도 시작되었다. 회장이 열기로 가득 찼다.

지금은 한 펑크 록 밴드가 연주를 선보이고 있다. 다음은 기리사와네 밴드, 그다음이 우리 차례였다.

"멋지다, 저 사람들."

무대 통로에서 공연을 지켜보던 오쿠라가 중얼거렸다.

차례를 기다리며 다양한 그룹의 연주를 들었는데, 지금 무대에 오른 이 밴드의 연주에는 강하게 끌리는 뭔가가 있었다. 얼핏 차림새만 봐선 코믹 밴드처럼 보이지만 그들의 퍼포먼스에서 좌중을 압도하는 힘이 느껴졌다.

"……근데 천산갑이 뭐예요? 노래 제목도 그건 거 같던데."

내가 머리 위로 물음표를 그리며 질문하자 옆에 있던 오쿠라가 대답해 주었다.

"좀 전에 저쪽 보컬과 대기실에서 잠깐 이야기했는데, 무슨 동물이래. 생김새가 장난 아니라면서 휴대 전화로 사진까지 보여주더라고. 원래는 여자 팬이 알려준 모양이야."

오쿠라가 계속 말을 이었다.

"근데 그 팬이 요즘 하도 우울해 보여서, 기운을 북돋아 주려고 이 곡을 선택했대. TV에도 나가는 이런 일생일대의 무대에서 부를 곡을 그런 식으로 선택하는 게 진짜 멋져."

"······그래서 마음에 확 와닿았구나."

틀림없이 눈앞의 밴드는 누군가에게 마음을 전하려 애쓰고 있다. 그런 이들의 노래는 힘이 있다. 에너지가 느껴진다. 우리가 이 밴드의 무대에 푹 빠졌던 것도 다 이유가 있었던 것이다.

"땡큐! 천산갑!"

연주가 끝났다.

"와, 최고의 무대였어! 어이, 너희도 열심히 해!"

벌써 무대 위에서는 기리사와네 밴드가 한창 세팅을 하고 있고, 막 연주를 끝낸 펑크 록 밴드의 보컬이 우리를 보고 말을 걸어왔다.

"아, 고맙습니다."

"어땠어? 우리 밴드 음악, 우주까지 도달했을까?!"

아드레날린이 솟구치고 있는 탓인지 텐션이 과하게 높았다. 대기실에서는 이렇게 시끄러운 사람이 아니었다.

"아, 네, 그게······."

갑작스러운 질문에 내가 당황하자 오쿠라가 구조선을 띄워주었다.

"대박이에요. 벌써 안드로메다 성운까지 갔을 걸요."

"최고야, 최고! 너희도 M78 성운(울트라맨 시리즈에 등장하는 가공의 성운)까지 갈 수 있는 곡을 들려줘. 기대할게! 누가 이기고 지든 질투는 하지 말자고! 으하하!"

그러고는 손을 팔랑팔랑 흔들며 떠나갔다.

진짜 쾌활한 아니, 진짜 록 그 자체인 사람이었다.

"……근데 M78 성운이 뭐예요?"

"3분짜리 히어로(울트라맨이 지구에서 활동할 수 있는 시간은 3분으로 제한되어 있다)가 사는 별. 이건 상식인데."

오쿠라까지 묘하게 들떠 있었다.

"……남자들은 특수 촬영물이라면 정신을 못 차린다니까."

"그치만 나도 저 사람한테는 진 것 같아."

"왜요?"

"평소엔 비디오 대여점에서 아르바이트하면서 이것저것 싹 다 보는 모양이야. 전문 분야는 괴수 영화고."

"전문 분야라니……."

천산갑도 혹시 괴수처럼 생겼으려나. 저 사람도 모히칸 머리에 끝에만 살짝 노랗게 염색했던데…….

무대 위에서 기리사와네 밴드의 연주가 시작되었다.

"그대를 향한 내 사랑이 흐르고 있어, 잔을 타고 흘러내려 거품이 되고……."

노랫소리를 따라 무대로 시선을 보냈다가 어느새 우리 차례가 가까이 다가왔음을 실감했다.

바로 다음이 페이퍼백의 무대다. 아까와는 다른 긴장감으로 심장이 터질 듯이 뛰었다.

정말로 이제 마지막이다. 페이퍼백의 마지막 무대.

"……오쿠라 씨."

"응?"

"오늘 최고의 무대를 만들어요."

"어어, 그래야지. 그건 그렇고, 말 좀 편하게 하지?"

"어, 왜요?"

"한 무대에 오르는 사이에 딱딱한 격식 같은 건 없는 게 좋을 거 같아서."

"알겠어요, 그럼……."

"또 말 높이네."

"아, 알겠어!"

"그래, 그렇게."

여느 때처럼 허물없이 대화할 수 있게 되자 어쩐지 원래대로 돌아온 것 같은 기분이 들었다.

"좋았어, 끝내주는 무대를 보여주자."

"그래, 꼭 그러자."

"TV 생방송 출연은 처음이자 마지막이 될지도 모르니까."

"무슨 소리야, 엠스테(일본 음악 방송 '뮤직 스테이션'을 줄여서 부르는 말. 출연자들이 계단을 내려가 무대에 서기 때문에 신인 가수들은 엠스테 계단을 내려가는 것이 꿈이라며 동경의 마음을 표현하곤 한다)를 위해 폼나게 계단 내려가는 연습도 하고 있는데."

"피아노 연습이나 하시지?"

"하긴, 네 말이 맞다."

어느덧 우리는 평상시처럼 말을 주고받고 있었다.

"······분명 오늘 많은 사람들이 우리 노래를 듣게 되겠지?"

"그야 전국 방송이니까."

"가족끼리 보는 사람, 친구끼리 보는 사람."

"연인과 함께 보는 사람도, 혼자서 보는 사람도 있겠지."

"······별의별 사람이 다 보겠다. 연인과 헤어진 사람, 결혼한 사람, 소중한 누군가를 잃은 사람, 아기를 낳은 사람, 천국에 있는 사람까지. ······그 모든 사람들에게 전해지면 좋겠어."

"그래."

"가닿을 사람에게는 분명 가닿을 테니까."

드디어 페이퍼백의 차례다.

눈앞에 수많은 관객들이 자리하고 있었다. 남자, 여자, 어른, 아이, 가족, 커플. 그들의 시선이 우리에게로 향하고 있었다.

나는 계속 쓰고 있던 마스크를 벗었다. 지금 오쿠라는 내 뒤쪽의 피아노 앞에 앉아 있다.

숨을 크게 들이마셨다. 이 회장의 분위기를 느끼고 싶었다.

마지막이다. 내가 이 세상에 머물 수 있는 최후의 순간이자 이 세상에서 노래할 수 있는 마지막 무대. 그렇게 생각하자 평정을 잃을 것만 같았다.

그래도 음미해 보자, 이 순간을.

나는 꼭 전해야 한다, 내 마음을.

우리 페이퍼백의 노래에 담아.

내가 준비될 때를 기다렸다가 오쿠라가 가늘고 긴 손가락을 피아노 건반 위에 가지런히 올렸다.

그것을 신호 삼아 나도 얼굴을 마이크 가까이 가져갔다.

앞을 똑바로 쳐다보며 한번 더 숨을 크게 들이마셨다.

「작별의 건너편」

신곡 제목은 처음부터 정해져 있었다.

그 뒤에 옛 기억을 더듬듯 꼭 들어맞는 조각을 찾아냈다.

한 치의 망설임도 없이 제목을 정했다.

"시곗바늘이 8시를 가리키면"

페이퍼백의 마지막 무대가 시작되었다.

이제 음악에 몸을 맡기는 일만 남았다.

"작별의 시간이 다가와"

내가 쓴 가사에 딱 맞는 오쿠라의 멜로디.

어젯밤에 완성한 곡인데도 아주 오래전부터 계속 불러왔던 것처럼 느껴졌다.

오쿠라의 피아노 소리와 내 목소리가 포개지며 이 회장 안에 하나의 음악이 탄생했다.

"너는 잘 가, 또 보자, 인사했지만"

평생 떠안고 있어야 했던 심장병.

돌연 세상을 떠난 부모님.

"나는 말할 수 없었어"

계속 생각했다.

왜 나만 이런 거냐고.

왜 나였냐고.

"아마도"

하지만 그런 나였기에 쓸 수 있었던 가사였다.

과거의 견딜 수 없는 아픔만으로는 노래를 완성할 수 없었지만, 죽음이라는 처음이자 마지막 체험이 있었기에 이 노래는 태어날 수 있었다.

"더"

사람과의 만남과 작별.

삶의 의미와 허무.

"잘 어울리는 말이 있을 텐데"

오쿠라의 섬세한 피아노 연주가 한 글자 한 글자에 꼭 맞는 음을 찾아냈다.

오쿠라의 손끝이 피아노 건반을 어루만질 때마다 소리로 된 빛의 알갱이가 쓱 떠오르는 듯했다.

그리고 그 빛의 알갱이가 한 알 한 알 내 목소리와 결합하여 또다시 새로운 소리를 자아냈다.

오늘 이 연주는 페이퍼백 사상 최고의 연주가 틀림없다.

괜찮아, 이대로라면 문제없어.

우리 둘이 함께라면 할 수 있어.

그런데 그때였다.

앗.

갑자기 마이크에서 소리가 사라졌다.

그 순간 내 목소리만이 공기를 가르며 흩어졌다. 어째서 이런 타이밍에.

기리사와네 밴드가 우리 앞 순서였다. 설마 그 녀석이 미리 수작을 부린 걸까…… 슬쩍 무대 통로 쪽을 봤더니 비열하게 히죽대는 기리사와의 얼굴이 시선 끝에 걸렸다.

확실하다. 분명 저 녀석 짓이다. 뒤에서 손을 써서 우리 연주를 방해하는 것쯤은 기리사와에겐 일도 아니었다. 이런 해프닝도 생방송의 묘미라고, 분위기가 후끈 달아오를 거라고 깐죽거리면서…….

오쿠라가 지금 이 사태를 눈치채지 못했을 리가 없다. 피아노를 치면서 내 쪽으로 눈길을 보냈다.

나와 눈이 마주쳤다.

앗.

반사적으로 조금 전처럼 또 움찔 놀랐다.

마스크를 쓰지 않은 내 얼굴을 처음 봤다거나, 마이크 소리가 갑자기 사라졌다거나, 오쿠라를 당황스럽게 할 요소가 여럿 있었기 때문이다.

하지만 나와 달리 오쿠라는 얼굴색 하나 바꾸지 않았다.

불안해하는 빛을 도무지 찾아볼 수 없었다.

여느 때와 똑같은 표정.

내가 가장 안심할 수 있는 얼굴.

토마토 주스를 단숨에 들이마시고 만족스럽게 웃으며 내게 "괜찮아"라고 말하는 듯한 표정이었다.

그러더니 오쿠라가 후렴구가 시작되는 부분에서 피아노 연주를 멈추고 나를 향해 손을 살짝 흔들었다.

그게 신호였다.

"난 안녕이란 말은 하지 않을래"

아카펠라다.

어제 오쿠라를 설득했을 때처럼 반주가 없는 상태로 노래했다.

그사이 오쿠라는 피아노는 치지 않고 손끝으로 내게 마법이라도 걸듯 지휘를 했다.

그 광경은 마치 처음부터 연출된 상황처럼 보이기도 했다.

처음에는 사고가 난 줄 알고 당황하던 관객들도 어느새 노래 속 세상으로 다시 돌아왔다.

나 또한 노래 속 세상에 흠뻑 빠져들었다.

여기 있으면서도 왠지 여기에 없는 듯한 감각.

몸의 힘을 빼면 이대로 공중을 떠다닐 수 있을 것 같은 느낌.

영원이기도 하고 찰나이기도 한 그 시간 동안 나는 계속 노래했다.

그러자 첫 번째 후렴이 끝나고 후렴을 한번 더 부르려는 참에 마이크 소리가 돌아왔다. 기겁하는 기리사와의 얼굴이 보였다. 이렇게 빨리 돌아온다는 말은 못 들었는데, 라고 하는 생각이 얼굴에 쓰여 있었다.

하지만 내 눈은 무대 통로에서 웃고 있던 안내인의 모습을 놓치지 않았다.

마이크 소리가 돌아왔음을 알아챈 오쿠라가 다시 건반 위로 손가락을 올렸다.

내 노랫소리와 완벽하게 어울리는 오쿠라의 피아노 소리.

우리의 음악이 지금 다시 이 세계로 돌아왔다.

이게 바로 우리의 노래.

페이퍼백의 음악.

우리가 이 세상에 남길 수 있는 유일한 것.

"서서히 아름다운 끝이 시작되고 있어"

아아, 어떡하지.

이대로 좀 더 있고 싶다.

계속 노래하고 싶다.

이제야 살아 있다는 느낌이 들었다.

실은 오쿠라와 더 오래 함께하고 싶었다.

비록 소박할지라도 사람들과 같이 행복한 미래를 계속 이어가고 싶었다.

오쿠라에게 헤어지자고 한 건 어쩌면 잘못된 선택이었을지도 모르겠다.

나는 내 마음대로 미래를 포기했다.

자진해서 행복해지는 길에서 물러났다.

스스로 외톨이가 되려 했다.

보고 싶은 사람을 만날 수 있다는 것이 이토록 멋진 일이었다니.

누군가 곁에 있다는 것이 이토록 큰 행복이었다니.

이게 바로 진짜 살아 있는 것이구나.

"나는 곧 잠이 들겠지만"

마지막으로 오쿠라가 피아노 치는 모습을 눈에 담고 싶었다.

"행복한 꿈을 계속 꾸고 있을게"

하지만 지금 이 순간에 뒤를 돌아볼 수는 없었다.

"작별의 건너편에서 너를 만나면 뭐라 말할까"

내 뒤에서, 내가 가장 사랑하는 사람이, 내가 가장 좋아하는 곡을 연주하고 있다.

"고마워, 그리고 사랑해"

좀 더 그 모습을 눈에 새기고 싶었다.

"이 세 글자만으로 끝을 맞이하는 세계가 있다면"

좀 더 노래하고 싶었다.

"얼마나 멋질까"

좀 더 오래 살고 싶었다.

5

시곗바늘이 오후 8시를 향해 거침없이 나아갔다. 내게 허락된 시간이 얼마 남지 않았음을 그 가늘고 긴 바늘 끝이 가르쳐 주고 있었다.

지금은 후반부 출연자가 연주를 하고 있다. 우리는 대기실로 돌아왔다.

겨우 한 곡, 그것도 전곡도 아니고 절반밖에 부르지 않았는데도 혼자서 공연했을 때처럼 피로가 몰려왔다.

그만큼 전부를 바쳤다. 몸과 마음을 다해 노래했다. 오늘의 무대에 미련은 하나도 없다. 몸 구석구석의 세포까지 최선을 다했다.

오쿠라도 마찬가지였는지 쓰러지듯 대기실 의자에 몸을 맡기고 있다.

"저기, 미키."

"응?"

"끝내줬어."

오쿠라가 웃었다.

"맞아, 끝내줬어."

"무대 통로에서 기리사와가 약이 바짝 오른 얼굴로 보고 있더라."

"나도 봤어."

"기리사와 녀석, 작전은 실패했지만 결국 백과 파워를 동원해서 우승하겠지."

"백과 파워. 아, 웃겨."

"근데 우리, 회장에 안 돌아가도 될까?"

"글쎄."

"뭐, 됐어. 우승 따위 관심 없어."

"우린 최고의 무대를 선보였으니까."

"백 파워 기리사와도 꼴 보기 싫고."

"백 파워 기리사와라니까 무슨 유행어 같잖아."

그런 말을 주고받으며 둘이 동시에 웃음을 터뜨렸다. 긴장도 풀렸겠다 대기실 안에서 어깨가 들썩이도록 신나게 웃었다.

아까부터 당연하다는 듯 예전처럼 말을 주거니 받거니 하고 있다.

어쩐지 모든 것에서 그리움이 묻어났다. 어느새 우리는 평소의 우리로 돌아와 있었다.

"미사키, 있잖아……."

"어?"

그런데 그 순간 주변 공기가 확 달라졌다.

"아, 이런, 실수. 미키였지……. 내가 무슨 소릴 하는 건지……."

오쿠라는 곧바로 고쳐 말했다.

하지만 오쿠라의 눈동자에는 여전히 머뭇머뭇하는 기색이 남아 있었다.

"그게, 무대에서 노래할 때 모습이 미사키랑 너무 똑같아서……."

오쿠라가 그렇게 덧붙였다.

나는 뭐라 대답해야 할지 갈피를 잡지 못했다.

아까 벗었던 마스크는 다시 내 얼굴을 덮고 있었다.

"저기……."

할 수만 있다면 마스크를 벗고 오쿠라에게 모조리 털어놓고 싶었다.

하지만 그렇게 하면 모든 게 끝이다. 정체를 밝히는 순간, 나는 오쿠라의 눈앞에서 사라지게 된다.

끝날 시간이 다가오고 있다는 사실을 알기에 지금은 이 시간을 조금이라도 더 오래 함께 하고 싶었다.

"……저, 난 미사키한테서 오쿠라 얘기를 많이 들었거든. 저번에 미사키한테 중요한 얘기가 있다고 했었다던데, 무슨 얘기였어?"

화제를 바꾸려는 의도에서이기도 했지만 이참에 전부터 궁금했던 것을 물어보았다.

그런데 그 질문이 뜻밖의 사실을 내게 알려 주었다.

"프러포즈할 생각이었어."

"뭐?"

한 번도 상상해 보지 않았던 말이 귀에 들어와, 무슨 소린지 얼른 이해하지 못했다.

프러포즈? 오쿠라가 나한테?

"아, 아니, 두 사람은 최근엔 사귀는 사이가 아니었잖아……."

"그랬지. 그런데 밴드도 잘 안되고, 이대로는 안 되겠다 싶더라고. 그렇다고 앞으로 우리가 따로 떨어져 지내는 건 생각도 하기 싫고, 그러다가 결혼을 하면 미사키와 쭉 함께 있을 수 있다는 걸 알았지."

나는 밴드를 해체하자는 이야기일 거라고 철석같이 믿었다.

설마 오쿠라가 프러포즈를 생각하고 있을 줄은 꿈에도 몰랐다.

"나……."

뭐라 말하려 해도 목소리가 나오지 않았다.

"왜 그래?"

마스크를 쓰고 있는데도 부랴부랴 얼굴을 가렸다. 나는 알 수 있었다.

너무 좋아서 입이 헤벌쭉해지려는 것을.

안간힘을 다해 참았다.

이미 세상을 떠난 내가 오쿠라의 마음을 받아줄 수는 없다.

오쿠라의 마음을 받아주고 싶지만 그럴 수 없는 아이러니와 행복감이 동시에 지나갔다.

어째서 좋은 일은 마지막 순간에 일어나는 걸까.

동화처럼 삶의 끝자락에야 좋은 일이 찾아오는 모양이다.

하지만 나는 해피 엔딩을 맞이할 수가 없다.

왜냐하면 내 이야기는 이미 끝이 나와 버렸으니까.

특별히 허락된 마지막 시간도 이제 얼마 남지 않았다.

벽에 걸린 시계는 지금 당장이라도 오후 8시를 가리키려 하고 있다.

7시 57분.

내가 이 세상에 머물 수 있는 시간은 앞으로 3분밖에 남지 않았다.

꼭 어떤 히어로 같다.

"……고등학생 때 오쿠라한테 고백받고 미사키는 너무너무 기뻤대. 설마 고릴라 우리 앞에서 그런 말을 들을 줄은 몰랐다고 했지만."

"그날은 갑자기 끓어오르는 감정을 주체할 수가 없었어. 잔을 타고 흘러내리는 거품처럼."

"백 파워 기리사와 가사는 됐거든."

둘이 같이 소리 높여 웃었다.

이런 최후의 시간에도 오쿠라는 평소 모습을 잃지 않았다. 아니, 지금이 마지막이라는 것을 아는 사람은 나뿐이다. 오쿠라는 내가 이대로 사라지리라는 것을 알지 못한다.

하지만 무대 위에서도 평소와 다를 바 없는 모습을 보여준 것처럼, 나는 마지막 순간까지 오쿠라가 그 모습 그대로 있어 주기를 바랐다.

가령 '3분 후에 운석이 지구와 충돌합니다'와 같은 말을 듣게 되더라도 초연한 모습으로 있어 주기를.

그런 한결같은 오쿠라의 모습은 내 마음을 가장 편안하게 해준다.

7시 58분.

남은 시간은 2분.

"아, 맞다. 중학생 때 미사키 부모님이 돌아가셨을 적에 옆에 있어준 사람도 오쿠라였다며? 그 뒤로 항상 미사키를 지켜줬다던데. 미사키가 바다에 빠졌을 때도 구해주고, 고등학생 때는 엎어 치기로 스토커를 쓰러뜨리고, 대학생 때는 미사키를 괴롭히던 치한까지 잡아주고. 그래서 미사키가 정말 고마웠대……."

나는 오쿠라에게 감사의 마음을 전하고 싶었다.

마지막에 이런 무대에 설 수 있게 해준 것, 그리고 어릴 때 만나 지금까지 있었던 많은 일들에 관해.

미키의 입을 빌려 대신 말해주고 싶었다.

남은 시간 동안 내가 할 수 있는 건 그 정도가 다였으니까.

그런데 그때 오쿠라가 뜻밖의 말을 입에 올렸다.

"……그 일 말인데, 실은 바로잡아야 할 게 몇 가지 있어."

"바로잡아야 한다고?"

"대학생 때 치한을 잡은 건 내가 맞지만, 중학생 때 바다에 빠진 미사키를 먼저 구한 건 다른 사람이거든. 그 여자가 후드를 깊이 뒤집어쓰고 있어서 얼굴은 못 봤지만. 내가 미사키를 돌본 건 그다음이었어. 애당초 난 수영을 못하거든. 그래서 어제 바닷가 가까이 가는 것도 꺼렸던 거야. 난 바다가 무섭더라. 꼭 밤이 아니어도."

"그랬구나……."

아닌 게 아니라 어제 오쿠라는 바다에서 다소 떨어진 자리를 골랐다. 지난 추억을 되짚어 봐도 오쿠라가 헤엄치는 장면은 없었다. 수영을 못하는 사람이 나를 구해줄 수는 없다.

그러면 어떻게 된 걸까.

기억을 들춰 보고 싶어도 그때 나는 정신을 잃고 있었던 터라 그 여자가 누구인지 떠올릴 수가 없었다.

"고등학생 시절의 스토커도 마찬가지야. 미사키는 정신없이 달아나느라 몰랐겠지만, 엎어 치기로 스토커를 제압한 건 내가 아니라 프로 레슬러 같은 가면을 쓰고 얼굴을 가린 체격 좋은 아저씨였어. 그러고 나서 내가 곧바로 미사키한테 달려갔고……."

"그랬구나……."

또다시 새로운 인물이 등장했다.

이번에는 남자다.

"지금까지 미사키한테 말 하지 않은 건, 그 여자랑 남자가 '네가 구한 걸로 해줘. 그리고 앞으로도 미사키를 잘 부탁한다'라고 했기 때문이야."

"네가 구한 걸로 해줘……."

나를 구해준 두 사람은 혹시.

7시 59분.

1분 남았다.

"……오쿠라."

"응?"

"그랬다 해도 미사키 옆을 계속 지켜준 사람은 오쿠라였어."

거짓 없이 진심을 담아 말했다.

오쿠라를 향한 진실된 내 마음이었다.

"뭐야, 낯간지럽게."

지금은 단지 내 가슴속에 넘쳐흐르는 감정과 고마운 마음을 오쿠라에게 오롯이 전하고 싶을 따름이었다.

남은 시간은 50초.

순간 나는 오쿠라 앞에서 마스크를 벗었다.

"……있잖아, 오쿠라."

"어?"

"지금까지 고마웠어."

"……지금까지?"

남은 시간은 40초.

"네가 있어서 난 외롭지 않았어."

"외롭지 않……."

"앞으로도 변함없이 그 모습 그대로 있어줘."

30초 전.

"토마토 주스만 너무 많이 마시지 말고."

"너……."

"건강하게 잘 지내고, 네가 좋아하는 음악도 계속하면 좋겠다."

20초 전.

"난, 너를 만나서 정말 좋았어."

"역시……."

"이렇게 행복해질 거라고는 상상도 못 했어."

10초 남았다.

"고마워, 오쿠라."

"미사키……."

"사랑해."

시곗바늘이 오후 8시를 가리켰다.

6

작별의 건너편으로 돌아온 미사키의 뺨은 눈물로 범벅이 되어 있었다.

기쁨의 눈물인지 슬픔의 눈물인지 미사키 자신도 가늠할 수 없었다.

다만 행복한 기운이 가슴을 가득 메우고 있었다.

"······나한테는 과분할 만큼 행복한 결말이었어요."

"······그랬다면 참 다행입니다."

눈앞에 서 있는 안내인의 입에서 온화한 목소리가 흘러나왔다.

"······마지막 무대에 올라 노래할 수 있었고, 오쿠라와도 제대로 작별 인사를 나눴어요. 이게 다 마지막 재회를 허락해준 덕분이에요. ······안내인 아저씨, 고마워요. 마이크 문제도 해결해 주시고."

"제가 뭐 한 게 있나요. 미사키 씨가 시종일관 최선을 다해 스스로 선택했기에 이토록 멋진 마지막 재회를 맞이할 수 있었던 겁니다."

안내인의 얼굴에 은은한 미소가 머물렀다.

이어서 미사키는 좀 전에 오쿠라와 이야기하면서 처음 알게 된 사실을 입에 담았다.

"……얼마나 놀랐다고요. 중학교 때와 고등학교 때, 나를 구해 줬던 사람이 엄마와 아빠였던 거잖아요."

안내인은 미사키의 말이 틀리지 않다는 양 소리 없이 웃기만 했다.

미사키는 그것만으로 충분했다.

엄마와 아빠가 항상 미사키를 지켜 주었다.

그리고 그 바통을 오쿠라에게 넘겨주었다.

"……내 인생은 비록 좀 짧긴 해도 꽤 괜찮았어요. 누군가가 계속 내 옆에 있어줬으니까요."

"그건 정말 최고로 근사한 일입니다."

안내인은 마치 자기 일처럼 진심으로 기뻐하며 말했다.

"또, 하고 싶은 건 뭐든 다 하고, 하루하루를 소중히 여기며 마지막 순간까지 쉬지 않고 바쁘게 살 수 있었으니까요."

"미사키 씨, 실은 말이죠, 저도 미사키 씨와 같은 마음입니다."

"나랑 안내인 아저씨가 같다고요?"

의외의 말을 들은 미사키가 눈을 동그랗게 떴다.

천하태평인 안내인이 조급하게 뛰어다니는 모습은 도무지 상상이 되지 않았다.

"어지간히 뜻밖인 모양이군요."

미사키가 나쓰메 소세키의 소설에 나오는 한 구절을 말했던 상황을 재현하듯 대답하면서 안내인이 빙긋이 웃어 보였다.

"네, 상당히."

미사키가 웃음을 터뜨리며 대꾸하자 안내인이 다음 말을 이었다.

"저도 천천히 음미하듯 살면서 하루하루를 소중히 여겼다고 생각하거든요."

"그런 뜻이었구나……."

미사키는 안내인의 말에 고개를 끄덕였다.

하고 싶은 일을 하기 위해 허겁지겁 바쁘게 뛰어다니는 삶.

느긋하게 하루하루를 음미하며 살아가는 삶.

서로 정반대인 것처럼 보이지만 실은 다르지 않았다.

인생에는 시작과 끝이 있기에 두 사람은 각자의 방법으로 매일을 소중히 여기며 산 것이다.

"……저기, 안내인 아저씨."

"무슨 일입니까?"

뭔가 할 말이 남은 듯한 미사키를 보며 안내인이 물었다.

"……나를 다시 살게 해줘서 고맙습니다."

난데없이 허를 찌르는 말에 안내인은 고개를 살짝 갸웃거렸다.

"무슨 말이죠? 저는 그냥 어디까지나 안내만 했을 뿐인데……."

미사키가 뒷말을 이었다.

"산다는 건, 분명 다른 누군가와 인연을 맺고 이어가는 것이라는 생각이 들어서요."

"누군가와 인연을 맺고 이어간다……."

"네. 죽고 나면 아무한테도 안녕, 잘 자, 다녀왔어, 어서 와, 같은 말을 못 하잖아요. 그러니까 만약 현세에 있더라도 투명 인간처럼 아무와도 얽히지 않고 혼자서 살아간다면, 그건 살아 있지 않은 거나 다름없다는 생각이 들거든요……."

미사키는 안내인의 눈을 똑바로 바라보았다.

"……무대 위에서 노래할 때면 희열을 느끼지만, 그 노래를 들어주는 사람과 피아노를 쳐주는 오쿠라가 없다면 그건 아무 의미 없어요."

미사키는 말을 계속했다.

"산다는 건 누군가와 연결되는 거예요. 누군가가 나라는 존재를 의식할 때 비로소 내가 태어나는 거죠. 그러니까 난 다시 살아난 거예요. 다른 사람과 만나 이야기하고 같이 시간을 보내는건 그 무엇과도 바꿀 수 없을 만큼 가치 있는 일이고, 소중한 사람이 곁에 있는 것보다 더 큰 행복은 없어요. 그러니까 비록 내인생은 짧았지만, 누군가가 항상 곁에 있어줬으니까 멋진 삶이었다고 생각해요……."

거기까지 말하던 미사키는 한 가지 사실을 알아차렸다.

"……안내인 아저씨, 왜 울어요?"

울고 있는 안내인을 본 순간 미사키의 눈에서도 눈물이 주르륵 흘러내렸다.

"……모르겠어요. 저절로 눈물이 흘러나와서."

닦아도 닦아도 쉴 새 없이 눈물방울이 터져 나왔다.

"……그럼 미사키 씨는 왜 울어요?"

"……나도 모르겠어요."

두 사람의 눈에서 눈물이 하염없이 흘러내렸다.

분명 그 눈물에는 기쁨과 슬픔, 행복과 고통이 골고루 섞여 있을 터였다.

이제 최후의 문만이 두 사람을 기다리고 있다.

진짜 헤어질 시간이다.

마지막 작별.

"미사키 씨가 부른 노래는 앞으로도 계속 남을 겁니다. 다들 잊지 않을 테니까요. 그러니 미사키 씨와 소중한 이들과의 인연은 앞으로도 계속, 영원히…… 이어질 겁니다."

안내인은 최대한 목소리를 쥐어짜며 겨우 말을 뱉어냈다.

"아, 그렇구나……."

미사키가 작은 소리로 중얼거렸다.

그러고는 최후의 문 앞에 서서 안내인을 돌아보며 뺨이 풀어진 채로 말했다.

"그게 바로 누군가의 마음속에 영원히 살아 있다는 뜻이군요."

미사키는 행복하다는 양 반짝이는 미소를 머금고 최후의 문을 열었다.

제5화

오래오래

1

"당신이 마지막으로 만나고 싶은 사람은 누구입니까?"

다니구치 겐지는 아직 이 상황을 이해하지 못했다. 신비로운 공간에서 눈을 뜨긴 했으나 여전히 아스라한 꿈속을 계속 걷고 있는 듯한 기분마저 느껴졌다. 꿈속에서 꿈을 꾸다가 눈을 떴다. 그러니 아직도 나는 꿈속에 있다. 그렇게 생각하는 편이 자연스러울 정도였다.

"다니구치 씨, 당신한테 묻는 겁니다."

좀 전에 다니구치에게 질문했던 남자가 약간 다그치는 태도로 다시 한번 말을 붙였다.

자신을 안내인이라고 소개하던 남자. 다니구치는 눈을 끔뻑끔뻑하다가 눈앞에 있는 상대의 얼굴을 한번 더 쳐다보았다.

"죄송합니다. 아직 뭐가 뭔지 이해가 안 돼서⋯⋯."

다니구치는 미안해하며 허리를 숙였다. 안내인은 대놓고 싫어하는 내색 없이 익숙하다는 듯이 고쳐 물었다.

"다니구치 씨가 왜 여기 왔는지 아시겠습니까?"

"그걸 잘 모르겠어요. 저는 분명 좀 전까지 길거리에 있었는데⋯⋯."

머릿속을 헤집듯 말을 이어가던 다니구치가 "앗" 하고 외마디 비명을 질렀다.

"그러고 보니 그 여성은! 무사합니까?!"

다니구치가 어떤 일을 떠올리며 소리쳤다. 긴박한 상황이 바로 코앞에서 벌어지고 있었다. 밤길에 괴한에게 습격당한 여자를 본 다니구치는 물불 가리지 않고 여자를 구하기 위해 뛰어들었고, 그러다가 도중에 의식을 잃었다.

"그 여성은 무사합니다. 그리고 범인도 붙잡혔습니다."

"아, 다행이에요, 정말 다행입니다. 잘 해결됐군요⋯⋯."

짐짓 만족스레 웃는 다니구치를 보고 이번에는 안내인이 미안해하며 말을 받았다.

"그게, 무사하지도, 해결되지도 않은 건 다니구치 씨라서⋯⋯."

"예? 제가요?"

"다니구치 씨는 이미 죽었습니다."

"예에?"

다니구치는 정말로 짚이는 바가 없다는 듯이 얼빠진 소리를 냈다.

그러고는 좀 전에 했던 말을 되풀이했다.

"제가요?"

"당신처럼 자각을 못 하는 사람은 드물어요. 다들 어느 정도는 자기 죽음을 인지하는 법인데……."

"옛날부터 빈틈이 많다는 말을 자주 들었습니다. 하하하……."

다니구치는 멋쩍은 기분을 감추고자 작게 웃어 보였지만, 그 웃음마저도 조금씩 건조해져 갔다.

"그렇군요. 제가 죽었군요……."

다니구치는 얼굴에서 웃음기를 싹 지웠다.

그리고 소중한 무언가를 떠올리듯 한 사람의 이름을 읊조렸다.

"요코……."

다니구치가 가장 사랑하는 여성의 이름이었다.

"미안해……."

다니구치의 기억 속에서 요코는 언제나 미소를 잃지 않고 있었다.

두 사람이 결혼식을 올린 것은 다니구치가 스물여덟, 요코가 스물다섯이던 해였다.

두 사람은 직장인 동네 우체국에서 처음 만났다. 다니구치는 요코에게 한눈에 반했다. 하지만 다니구치는 이성에게 적극적으로 다가가는 타입이 아닌지라 같이 밥 한번 먹자는 말을 꺼내기까지 반년이나 걸렸다. 더구나 다니구치의 첫 번째 제안은 대번에 거절당하고 말았다.

그래서 다니구치는 처음부터 식사에 초대하는 건 장벽이 너무 높았다고 마음을 고쳐먹고 이번에는 퇴근하고 같이 산책을 하자고 말해 보았다. 그러자 요코가 승낙했다. 처음 같이 산책하던 날 요코는 식사 제안을 거절했던 이유가 그날 가족의 생일 파티가 있었기 때문이라고 알려 주었다. 요코가 그런 사정을 말하기도 전에 다니구치가 시무룩한 얼굴로 가버렸기 때문에 말하지 못했다는 것도 그때 알았다.

그 후로는 아주 자연스레, 딱히 상의한 것도 아닌데 일주일에 한 번씩 매주 월요일마다 같이 산책을 했다.

그러다가 어느 날부터 월요일과 화요일, 그다음엔 월요일과 화요일과 수요일로 이어지더니, 어느 사이엔가 매일같이 둘이서 두 정거장 정도 되는 거리를 걷다가 집에 돌아가게 되었다.

그렇게 둘만의 시간을 보내며 석 달 남짓 지났을 무렵 다니구치가 입을 뗐다.

"다음에 같이 식사하러 갈래요?"

그 말을 들은 요코는 "드디어 식사 초대를 해주시는군요" 하고 웃으며 대답했다.

다니구치가 속마음을 내비친 건 그로부터 또다시 석 달쯤 지났을 때였다. 그사이 몇 번인가 같이 밥을 먹었고, 그날도 평소처럼 두 정거장 정도를 나란히 걷고 있었다.

횡단보도 앞에서 빨간불에 걸려 기다리던 다니구치가 손을 불쑥 내밀며 말했다.

"앞으로도 내 옆에서 같이 걸어가 줄래요?"

다니구치는 자기 입으로 말하면서도 진짜 프러포즈 같다고 생각했다.

요코는 곧바로 대답하지 않았다.

너무 일렀나……. 다니구치는 자신답지 않은 짓을 했다며 후회했다.

그때 요코가 입술을 움직였다.

"파란불이에요."

그 말과 함께 웃으며 허공을 떠도는 다니구치의 손을 살포시 잡아 주었다.

그게 요코의 대답이었다.

다니구치가 요코의 손을 꽉 쥐자 요코도 힘주어 다니구치의 손을 마주 잡았다.

그렇게 두 사람은 사귀게 되었다.

그 뒤로 다니구치와 요코는 순조롭게 결혼에 이르렀고, 나라시노에 있는 낡은 연립 주택에 신혼집을 차렸다.

그들의 결혼 생활이 돌연 막을 내린 것은 두 사람이 같이 살기 시작하고 2년이 지날 무렵이었다. 그날 저녁 요코는 몸이 좋지 않아서 다니구치가 만들어준 달걀죽을 먹고 자리에 누워 있었다.

TV에는 직감과 연상력을 요구하는 퀴즈 프로그램이 방송되고 있었다.

요코는 TV를 보지 않았고 다니구치는 정답을 맞혀 보겠다며 혼자서 끙끙댔다.

그때 요코가 살짝 입술을 뗐다.

"……뭐 좀, 단 게 마시고 싶은데."

그 말을 듣자마자 다니구치는 퀴즈 따위는 안중에 없다는 듯 서둘러 나갈 채비를 했다.

"단거라면 어떤 거? 단팥죽 아니면, 코코아?"

"음, 글쎄요. 나도 확실히 결정을 못 해서."

"그래도 괜찮아. 근처 자판기까지 천천히 걸어가면서 뭐가 좋을지 생각해 볼게."

"그럼 부탁할게요."

"응, 푹 쉬고 있어."

다니구치는 이웃 주민들에게 폐가 되지 않게끔 삐걱거리는 연립 주택 계단을 조심조심 내려갔다.

자판기까지는 별로 멀지 않다. 단거라, 뭐가 좋을까. 좀 전에 퀴즈 프로그램을 볼 때처럼 또다시 머리를 싸안았다.

요코는 웬만해선 이런 부탁을 하지 않았다. 자판기 앞에 가서 결정하는 것도 나쁘지 않지. 심부름을 부탁받은 것이건만 다니구치는 괜히 기분이 좋았다. 걸으면서 당시 유행하던 노래를 흥얼거릴 정도였다.

"자, 뭐가 좋을까……."

어둠 속에서 빛을 내뿜는 자판기 앞에 선 채 늘어서 있는 음료수와 눈싸움을 벌였다.

그렇게 한참을 고민하다 겨우 뭘 살지 정했을 때, 조금 떨어진 곳에서 무슨 소리가 들렸다.

뭐지.

소리가 난 쪽으로 가까이 갔더니 한 여성이 땅에 손을 짚고 털썩 주저앉아 있었다.

처음에는 무슨 일이 일어난 건지 분간이 가지 않았다.

그때 당장이라도 그 여성을 덮칠 기세의 덩치 큰 사내의 모습이 가로등 불빛에 비쳤다.

"어이, 무슨 짓이야!"

다니구치는 일말의 주저함도 없었다.

순식간에 남자와 여자 사이로 뛰어들었다.

덩치 큰 사내가 황급히 가슴 주머니에 손을 찔러 넣었다.

그러더니 잽싸게 칼을 꺼냈다.

이어서 칼끝이 다니구치의 배를 파고들었다.

여성은 유난히 큰 소리로 비명을 내질렀고, 사내는 부리나케 내뺐다.

"……누, 누구 없어요? 구, 구, 구급차!"

다니구치의 귓가에서 울리던 여성의 목소리가 차츰차츰 작아졌다.

시야도 흐릿해졌다.

그렇게 다니구치는 아득해져 가는 의식을 붙잡으며 마지막으로 요코의 얼굴을 떠올렸다.

특별할 것 없는 일상과 늘 똑같은 풍경 속에서 부드럽게 미소 짓던 요코.

이유는 모르지만 그런 요코를 생각하자 다니구치는 땅바닥을 향해 쓰러지면서도 희미한 미소를 남길 수 있었다.

그것이 다니구치의 최후였다.

그렇게 해서 지금 안내인의 눈앞에 서 있다.

일련의 과정이 생각나자 다니구치는 뭐라 설명할 수 없는 절망감에 휩싸였다.

이제 요코가 있는 세상으로는 두 번 다시 돌아갈 수 없다. 자신이 죽었다는 사실을 깨닫고 나니 손끝까지 달달 떨려오는 것 같았다.

너무도 허망한 죽음이었다.

이렇게 느닷없이 끝을 맞이할 줄은 상상도 하지 못했다.

"……생각났어요. 저는 분명 죽었습니다."

"그렇습니다."

안내인이 고개를 까딱했다.

실은 뭔가 잘못됐다고 말해주길 바랐다. 하지만 그러기에는 기억이 너무 선명한 데다 현실감마저 느껴져 그 사실을 거부할 수 없었다.

그때 안내인이 검지를 쓱 세웠다.

아직 할 얘기가 남았다는 듯이.

"당신에게는 아직 마지막 희망이 하나 남아 있습니다."

"마지막 희망?"

"당신은 마지막으로 단 하루 동안만 다시 현세로 돌아가서 보고 싶은 사람을 만날 수 있습니다."

그 말이 끝나기 무섭게 다니구치가 입을 열었다.

"요코를 만나게 해주세요."

주저하지 않았다.

다른 선택지는 없었다.

그런데.

"안타깝게도 그건 불가능합니다."

"왜요!"

아까와는 다른 사람처럼 감정적으로 변한 다니구치 앞에서 안내인도 괴롭다는 듯이 대답했다.

"……지금부터 다니구치 씨가 만나러 갈 수 있는 사람은 아직 당신이 죽었다는 걸 모르는 사람뿐입니다."

"내가 죽었다는 걸 모르는 사람뿐…… 아, 그러면 요코는……."

"예, 다니구치 씨가 세상을 떠난 지 벌써 일주일이나 지나서 요코 씨가 상주를 맡아 초상까지 다 치렀습니다."

"이럴 수가……."

정말 죽을 맛이었다.

마지막 희망은 무참히 부서졌고, 희망은커녕 다니구치를 다시금 절망의 늪으로 밀어 넣는 듯한 기분마저 들었다.

"……어떻게 좀 안 될까요?"

"……규칙이라서요."

"그 규칙을 깨서라도 어떻게 좀 안 되냐고 부탁하는 겁니다.

혹시 제가 막무가내로 요코를 만나러 가면 어떻게 됩니까?"

"만나는 순간 다니구치 씨의 모습이 사라져 버립니다. 말 한마디 제대로 못 할지도 모릅니다."

"그럴 수가……."

말을 꾹꾹 눌러 담느라 목소리가 갈라졌다. 그래도 다니구치는 목소리를 쥐어짜며 물었다.

"다른 방법은 없습니까? 빠져나갈 수 있는 방법 같은 거!"

"사실 그분을 만나는 건 거의 불가능합니다. 다른 사람인 척 굴면서 만나는 건 다니구치 씨에게는 무의미할 테고, 또 애당초 그런 방법으로 성공한다는 보장도 없어서……."

"예, 다른 사람으로 변장해서 만나러 가는 건 의미 없어요. 저는 이 손으로 다시 한번 요코를 안아보고 싶다고요! 다른 방법은 없어요? 그러니까 신이 내린 시련을 몇 가지 극복하면 다시 살아날 수 있다든가, 뭐 그런 거 없어요?"

"……없습니다, 안타깝게도."

"제발 부탁입니다. 뭐든 다 하겠습니다. 한 번만 더 요코를 만날 수 있다면 지옥이든 어디든 다 갈 테니까……."

"……죄송합니다, 다니구치 씨."

아무리 사정해도 다니구치는 안내인에게서 자신이 원하는 대답을 얻을 수 없었다. 둘의 대화는 평행선을 달릴 뿐이었다.

"다니구치 씨, 달리 만나고 싶은 사람은 없습니까? 요코 씨 말고 다른 사람을 생각해 내지 못하면 다니구치 씨는 최후의 문을 통과해 환생할 수가 없습니다."

"……그렇게 말씀하셔도 없습니다."

다니구치의 대답은 한결같았다.

"……지금은 환생이니 어쩌니 하셔도 그럴 마음이 전혀 없습니다."

고집을 부리려는 것은 아니었다.

다니구치는 진심으로 그렇게 생각했다.

"제가 마지막으로 만나고 싶은 사람은 정말 요코밖에 없습니다."

"……거참, 이를 어쩐다."

안내인도 정말 난처해 보였다.

그때 안내인이 한 가지 제안을 했다.

"여기서 좀 더 생각해 보시겠습니까? 그러면 다른 사람이 생각날 수도 있잖습니까. 같은 공간에 다른 사람이 찾아올 리는 없으니까 여기 더 계셔도 됩니다."

"고맙습니다, 그렇게 할게요. 지금은 그걸로 충분합니다. 제가 폐를 끼치게 됐군요."

"아니요, 언젠가 스스로 납득할 수 있는 답을 찾기만 하면 괜찮습니다. 그럼 적당한 때를 봐서 다시 찾아오겠습니다. 다른 사람도 안내해야 해서요."

그렇게 말하며 안내인은 자취를 감췄다.

아무것도 없는 공간에 다니구치만 홀로 남았다.

살아생전 만났던 사람들을 떠올려 보았다.

그러나 가장 먼저 요코의 얼굴이 머릿속에 그려질 뿐, 다른 사람은 하나도 생각나지 않았다.

2

안내인이 다시 모습을 드러낸 것은 그로부터 이틀이 지난 후였다.

"그 후로 약 48시간이 지났는데, 누구 생각난 사람 있습니까?"

"아니요, 아직."

안내인도 그런 대답이 돌아오리라고 예상했는지도 모른다. 왜냐하면 다니구치의 표정이 이틀 전과 조금도 달라지지 않았기 때문이다.

"……좀 더 생각해 보시겠습니까?"

"예, 그럴게요."

"뭐, 다행이라 해야 할지, 다니구치 씨는 이미 돌아가셨기 때문에 여기서 배가 고파 고통받는 일은 없을 겁니다. 그 점은 안심하셔도 됩니다."

"뭔가 생각하기에는 안성맞춤이겠네요."

"다행입니다. 가능하면 빨리 좋은 생각이 떠오르기를 마음을 다해 기도하겠습니다."

그 말을 남기고 사라졌던 안내인이 이번에는 일주일 후에 다시 나타났다.

"오랜만입니다, 다니구치 씨. 이번에는 마음속의 답을 찾으셨겠죠?"

"실은 그게 아직……."

"……그렇습니까."

안내인의 얼굴에 실망의 빛이 역력했다.

다니구치는 깊이 생각했지만 답이 나오지 않았다.

"뭐, 이건 불행이라고 해야 할지, 다니구치 씨는 이미 돌아가셨기 때문에 여기 있는 동안 졸리지는 않을 겁니다. 그렇다 보니 계속 생각에 빠질 수 있습니다만, 너무 깊이 생각하지는 마세요."

"아닙니다. 생각할 시간이 많아서 고마울 따름입니다."

"……그건 다행이군요. 다음에는 다니구치 씨가 확실히 답을 정했을 만한 타이밍에 다시 오겠습니다."

한 달이 지났다.

30일. 720시간.

아무것도 없는 이런 공간에 내내 혼자 있다 보면 정신이 이상해진대도 조금도 놀랍지 않다. 안내인이 모습을 드러냈을 때 다니구치는 그런 걱정은 자기와 상관없다는 듯이 아주 태연했다.

"오랜만입니다……라고 하고 싶지만, 그건 일주일 뒤에 찾아왔을 때 벌써 써먹었군요. 한 달 만에 만날 때는 뭐라고 말해야 할지 모르겠네요. 어디 아픈 데는 없습니까, 다니구치 씨?"

"예에, 보시다시피 아주 생생합니다. 뭐, 죽은 상태긴 하지만요."

과연 다니구치의 모습에는 아무런 변화가 없었다. 그 후로 여기서 줄곧 혼자 지낸 사람이라고는 생각되지 않을 정도였다.

"……그럼 말씀해 주시겠습니까? 당신이 마지막으로 만나고 싶은 사람은 누구입니까?"

"요코입니다."

즉시 대답했다.

"……."

"제 대답은 똑같습니다."

"……진짜 난감하군요."

안내인의 얼굴은 실망했다기보다 어이가 없는 것처럼도 보였다.

"이렇게 아무것도 없는 데서 계속 혼자 지내는 건 지옥에서 사는 것보다 더 힘들 텐데요."

"죄송합니다, 폐를 끼쳐서."

"아닙니다, 저한테 폐가 되는 건 없습니다. 그렇지만 난감한
건 사실입니다. 다음에 제가 여기 다시 올 때는 꼭 답을 정해 주
시길 바랄 따름입니다."

"그러게요. 저도 최선을 다해 노력하겠습니다."

"……부탁드립니다."

석 달 뒤.

"다니구치 씨, 결정했습니까?"

"못 했습니다."

"다니구치 씨가 만나고 싶은 사람은……."

"요코입니다."

"……그렇습니까."

안내인은 어깨를 털썩 떨어뜨리며 사라져 갔다.

반년 뒤.

"다니구치 씨가 만나고 싶은 사람은……."

"요코입니다."

"……다시 오겠습니다."

이번에는 안내인이 길게 확인하지도 않고 떠나갔다.

1년 뒤.

"1년이 지났군요. 다니구치 씨가 만나고 싶은 사람은……?"

"요코입니다."

안내인은 네, 하고 고개를 끄덕이며 가버렸다.

3년 뒤.

"아직도 다니구치 씨가 만나고 싶은 사람은 요코 씨입니까?"

"그렇습니다."

10년 뒤.

"……다니구치 씨가 만나고 싶은 사람은."

"요코입니다."

"그렇겠지. 나도 알아, 이제 안 물어봐도."

10년이 흘러도 다니구치는 겉모습이 똑같았다. 여기서는 시간이 흘러도 늙지 않는다.

"이야, 다니구치 씨와 알고 지낸 지도 10년이나 지났네. 이제 허물없는 친구 같은 느낌이라니까."

겉모습이 똑같은 건 안내인도 마찬가지였고, 굳이 가장 크게 달라진 걸 찾자면 다니구치를 대하는 안내인의 말투였다.

"그러고 보면 우리도 참 희한한 관계군요."

다니구치에게도 안내인의 말을 웃으며 받을 여유가 남아 있었다. 겉모습처럼 10년이 흘러도 다니구치의 마음은 변하지 않았다.

"정말이지 다니구치 씨 같은 사람은 처음 봤네. 평범한 사람은 이런 생활을 절대 못 견뎌. 지옥이야, 지옥. 무간지옥."

"그럼 저는 평범한 사람이 아닐지도 모르겠군요."

그렇게 말하며 다니구치는 또 웃었다.

그 말을 증명이라도 하듯 지금껏 다니구치는 이 상황에 대해 불평 한마디 하지 않았다. 다니구치가 한계를 느끼고 이변을 보이면 안내인은 언제든 달려갈 생각이었다. 항상 다니구치를 마음에 담아 두고 있었다. 하지만 10년 동안 그런 일은 한 번도 없었다.

그리고 오늘 이렇게 다시 안내인이 다니구치 앞에 나타난 데는 그럴 만한 사정이 있었다.

한 가지 제안을 하기 위해서였다.

"……다니구치 씨, 자네 말이야."

안내인의 입에서 다니구치가 상상도 하지 못한 말이 흘러나왔다.

"안내인이 되어 보지 않겠나?"

"뭐라고요?"

"나 대신 말일세. 나도 슬슬 은퇴하고 다시 태어날 시간이 다가온 모양이야. 그래서 후임을 찾고 있는데, 이 일에는 다니구치 씨처럼 인내심 강한 사람이 제격이거든. 여기는 별난 사람도 종종 찾아오니까 말이야."

"요컨대…… 저 같은 사람이군요."

"맞네, 맞아."

안내인이 고개를 크게 끄덕이자 둘은 소리 내어 웃었다.

"내 제안을 들어주지 않겠나?"

그러고 나서 안내인은 잠시 뜸을 들이다가 의미심장하게 한마디 했다.

"……오래오래 여기서 기다리게 되겠지만."

"오래오래 여기서 기다린다……."

어째서 안내인이 이런 제안을 하는 걸까. 생각해 보면 참 이상한 이야기였다. 하지만 그 순간에는 눈치가 없는 다니구치도 안내인의 뜻을 바로 알아차렸다.

"……꼭, 제가 하게 해주세요."

안내인이 나를 생각해서 이 역할을 내게 넘겨주려는 것이구나.

안내인의 마음을 받아들이지 않을 이유가 없었다.

"잘됐군. 다니구치 씨라면 그렇게 말할 줄 알았어."

안내인이 지금껏 보여준 적 없는 후련한 표정을 지어 보였다.

"참, 그렇지. 안내인이 되면 한 명씩 안내할 때마다 그 대가로 원하는 걸 받을 수 있거든. 다니구치 씨는 뭐 받고 싶은 거 없나?"

"글쎄요……."

안내인의 물음에 다니구치는 뜸 들이지 않고 바로 대답했다.

그날 요코의 부탁으로 사려고 했던 것.

"그러면 맥스 커피 두 캔, 부탁드립니다."

"……맥스 커피? 겨우 그걸로 괜찮겠나? 더 비싼 것도 되는데."

"사오라고 부탁받았거든요."

"참 싸게 먹히는 사람이네, 그래. 10년 넘게 이런 데 혼자 있어 놓고 원하는 게 고작 그런 거라니, 엉뚱한 것도 정도가 있지."

"맞습니다. 저는 엉뚱하고 인내심 강한 남자입니다."

푸흡, 하고 안내인이 먼저 웃음을 터뜨리자 다니구치도 장단을 맞추듯 손뼉을 치며 낄낄거렸다.

그 모습은 마치 십여 년 알고 지낸 친구 사이 같았다.

"……그럼 다니구치 씨, 오늘부터는 자네가 안내인일세."

"네, 열심히 하겠습니다."

"너무 용쓰지는 말게. 이 일은 자기가 하고 싶은 대로 하는 게 제일 좋거든."

"그거라면 자신 있습니다."

"다니구치 씨는 시종일관 침착하고 초연하면서 자기 주관이 뚜렷했었지. 천하태평이랄지 목가적이랄지, 역시 안내인 일에 제격이야. 자네라면 여기 오는 사람들을 잘 보살필 수 있을 걸세."

그런 다음 안내인이 손가락을 딱 튕겼다.

그러자 눈앞에 새하얀 문이 떠올랐다.

"그럼 다니구치 씨, 잘 지내게. 나는 자네를 만나고 새롭게 많은 걸 깨달았네. 역시 타인과의 만남은 참 흥미로워."

"예, 저도 죽은 뒤에 이런 만남이 기다리고 있으리라고는 상상도 못 했습니다. 안내인 님도 잘 지내세요."

그리고 다니구치는 감사의 마음을 차곡차곡 담아 끝인사를 했다.

"마지막까지 정말 고마웠습니다……."

고맙다는 말 그 이상의 말이 생각나지 않아 안타까울 따름이었다.

"……마지막이 아니야. 다니구치 씨는 지금부터 다시 시작이니까. 그나저나 참 어색하군. 설마하니 내가 배웅받는 자리에 설 줄은 몰랐거든. 나야말로 마지막으로 고맙다는 말을 꼭 해야겠네, 다니구치 씨."

3

새로 안내인이 된 다니구치는 이름도 없고 아무것도 없는 이 유
백색 공간에 '작별의 건너편'이라는 이름을 붙였다. 현세에 작별을
고하고 건너편으로 왔다는 의미와 꼭 맞는다고 생각했기 때문이다.

다니구치는 이곳에서 많은 사람들의 마지막 순간을 지켜보았
다. 처음에는 어찌할 바를 몰라 우왕좌왕하기도 했지만, 친절하
고 공손하게, 성심성의껏 안내했다.

그러는 사이 다니구치의 겉모습은 달라지지 않았으나 어째서
인지 어느 순간부터 머리에만 흰서리가 내려앉았다. 하얀 머리
카락이 흘러간 세월의 길이를 말해주는 걸까.

안내인이 되어 수많은 사람을 안내해 왔지만 하나같이 어제
만난 것처럼 기억 속에 생생하게 남아 있다.

요 한 달 사이에 안내한 사람들만 회상해 봐도 가슴에 남는 특별한 무언가가 있었다.

중학교 과학 교사였던 아야코의 최후는 애틋하고도 사랑스러웠다.

칠기 장인의 아들이었던 야마와키는 인생의 끝에서 부모님을 향한 울분을 풀고 솔직해질 수 있었다.

고양이 고타로도 마지막 시간에 사랑하는 주인과 작별 인사를 할 수 있었다.

가수였던 미사키는 삶을 마무리하는 순간에 세상에 노래를 남기고 타인과 맺은 인연의 소중함을 가르쳐 주었다.

아름답지 않은 생명은 하나도 없다.

전부 다 고귀하다.

그러면서도 덧없다.

또한 이별은 누구에게나 갑작스레 찾아온다는 것을 몇 번이고 깨닫게 되었다.

보고 싶은 사람을 만날 수 없게 되는 날이 언제인지는 아무도 모른다.

만나고 싶어도 만날 수 없게 되는 때가 찾아온다.

그렇기에 하루하루를 후회 없이 살아가자.

소중한 사람 앞에서는 솔직해지자.

언제나 그 마음을 가슴에 아로새기며 전하고 싶었다.

그리고 다니구치가 진심으로 만나고 싶어 하던 사람과의 재회는 그런 수많은 만남과 이별을 거친 뒤, 갑자기 불어오는 봄바람처럼 홀연히 다니구치에게 찾아왔다.

"당신은……."

미사키가 떠난 뒤에 또다시 한 여성이 작별의 건너편을 찾아왔다.

나이는 일흔 살쯤 됐으려나.

눈을 뜨고 다니구치의 얼굴을 보자마자 여성은 그렇게 입을 뗐다.

머리에는 흰머리가 드문드문 섞여 있고, 눈가의 잔주름은 이 사람의 온화한 성품을 드러내는 것처럼 보였다.

그리고 다니구치도 이 여성보다 조금 늦게 정신이 번쩍 들었다.

겉모습은 많이 변했어도 목소리는 크게 달라지지 않았다.

"요코……."

눈앞에 나타난 여성.

이 사람이 바로 생전에 다니구치의 아내였던 다니구치 요코였다.

지난날 선대 안내인이 다니구치에게 제안을 했던 진짜 이유.

그것은 어떻게 해서라도 다니구치를 아내인 요코와 다시 한 번 만나게 해주려던 것이었다.

선대 안내인은 안내인 자리를 다니구치에게 물려줌으로써 언젠가 요코가 이곳에 왔을 때 두 사람이 다시 만날 수 있기를 바랐다.

그것이 선대 안내인이 십여 년에 걸쳐 다니구치를 안내한 방식이었다.

다니구치 또한 선대 안내인의 뜻을 받아들이고 혼자서 긴 세월을 견뎌 왔다.

다시 한번 요코의 남편으로서 요코를 만나 이야기를 나누기 위해서.

그리고 한번 더 요코를 품에 안아 보기 위해서.

요코가 언제 올지는 알 수 없었다.

얼마만큼의 세월을 기다려야 할지도.

그렇지만 다니구치는 안내인으로서 이 자리에 서서 기다리고 또 기다렸다.

그렇게 기나긴 기다림 끝에 그날이 찾아왔다.

눈앞에 요코가 서 있다.

다니구치가 죽고 40년이나 흐른 뒤였다.

"······이렇게 나이를 먹어 버렸어요."

다니구치의 외모는 서른 살에 헤어질 때 모습 그대로였다.

요코 혼자만 나이를 먹고 예순일곱 살을 맞이했다.

"……당신은 하나도 안 변했어."

다니구치는 천천히 고개를 옆으로 내저으며 대답했다.

"……그렇지만 너무 오래 기다리게 만들었네요."

요코가 다니구치의 하얀 머리카락에 눈길을 보내며 그렇게 말하자 다니구치는 여느 때와 같은 말로 대꾸했다.

"난, 기다리는 건 싫지 않으니까."

다정한 눈빛으로 말을 이었다.

"인내심이 강하다고 선배한테 칭찬까지 들었는걸."

그런 다음 가슴 주머니에서 무언가를 꺼냈다.

"그리고 사실, 내가 당신을 오래 기다리게 만들었지."

맥스 커피 두 캔.

그중 하나를 요코에게 건넸다.

"……도대체 이거 사러 어디까지 갔다 온 거예요?"

요코가 여기 오고 나서 처음으로 수줍게 웃었다.

그런 요코의 부드러운 미소를 보며 다니구치도 절로 눈가가 풀어졌다.

지난 40년을 되돌아보았다. 온갖 일이 있었다.

혼자서 지냈던 처음 십여 년.

말은 안 했지만 내내 불안했다.

그 뒤 선대 안내인을 이어 안내인 생활을 시작했다.

처음에는 그런 중대한 일을 내가 맡아도 될까, 하는 의문도 있었다.

이곳 작별의 건너편에서 다니구치는 혼자였다.

하지만 그런 다니구치를 구원해준 것 또한 이곳을 방문한 여러 사람들과의 새로운 만남이었다.

다양한 사람을 만났다.

수많은 이별을 경험했다.

그러면서 그 사람들을 통해 배웠다.

어떤 상황이 기다릴지라도 결국 마지막에는 소중한 사람을 만나러 가는 길을 선택한다는 것을.

다들 그랬다.

다름 아닌 자기 자신도 마찬가지였다.

소중한 사람이 곁에 있다는 것은 이토록 행복한 일이기에.

"……당신한테 줄곧 하고 싶은 말이 있었어."

다니구치가 요코의 얼굴을 말끄러미 쳐다보며 싱거운 미소를 내비쳤다.

"다녀왔어, 요코."

그러자 요코가 눈가에 주름을 깊게 새긴 채 활짝 웃으며 대답했다.

"어서 와요, 겐지 씨."

그리고 두 사람은 지금까지의 긴 시간을 메우려는 듯 서로를 천천히 끌어안았다.

다니구치는 오늘도 작별의 건너편에서 기다리고 있다.

좀 더 추가 시간을 얻었다.

요코와 함께하는 시간이자 동시에 안내인의 일을 이어가는 시간이다.

이곳을 찾는 사람이 외롭지 않도록.

후회 없는 마지막 재회를 할 수 있도록.

주머니에는 캔 커피 두 캔을 넣은 채로.

그리고 오늘도 새로운 사람이 작별의 건너편을 찾아왔다.

안내인 다니구치는 그 사람이 눈을 뜰 때까지 기다렸다가 늘 그랬듯이 느긋하게 물었다.

"당신이 마지막으로 만나고 싶은 사람은 누구입니까?"

작 별 의　 건 너 편

초판 1쇄 발행　2023년　5월 31일
초판18쇄 발행　2024년　8월 20일

지은이　　　시미즈 하루키
옮긴이　　　김지연

책임편집　　이원지
디자인　　　TOMCAT
책임마케팅　김서연, 김예진, 김소희, 김찬빈, 박상은, 이서윤, 최혜연, 노진현, 최지현
마케팅　　　유인철
경영지원　　백선희, 권영환, 이기경
제작　　　　제이오

펴낸이　　　서현동
펴낸곳　　　㈜오팬하우스
출판등록　　2024년 5월 16일 제2024-000141호
주소　　　　서울특별시 강남구 테헤란로 419, 11층 (삼성동, 강남파이낸스플라자)
이메일　　　info@ofh.co.kr

ⓒ 시미즈 하루키

ISBN 979-11-92579-68-9　04830

모모는 ㈜오팬하우스의 출판브랜드입니다.